Scherz Krimi

Spannung mit Niveau

Von Alfred Hitchcock sind lieferbar:

Meine Lieblingsmorde 1
Meine Lieblingsmorde 2
Meine Lieblingsmorde 3
Meine Lieblingsmorde 4
Meine Lieblingsmorde 5
Meine Lieblingsmorde 6

Meine Schreckensstunden 1
Meine schönsten Schreckensstunden 2
Meine schönsten Schreckensstunden 3

Meine bösesten Gruselstunden 1
Meine schauerlichsten Gruselstunden 2

Alfred Hitchcock

Meine schönsten Schreckensstunden 2

Scherz
Bern – München – Wien

Einzig berechtigte Übertragung aus dem Amerikanischen von
Christine Frauendorf-Mössel und Traudl Weiser
Titel des Originals: »Tales to Fill You With Fear And Trembling«
Schutzumschlag von Heinz Looser
Foto: Thomas Cugini

2. Auflage 1984, ISBN 3-502-50850-X

Gesamtdeutsche Rechte beim Scherz Verlag Bern und München
Gesamtherstellung: Ebner Ulm

Der samtene Tod

Howard D. Hoch

Die meisten seiner siebenundzwanzig Jahre hatte Jim Figg damit verbracht, sich auf diesen Abend vorzubereiten. Er hatte den langen, deprimierenden Weg durch die Amateurranglisten hinter sich gebracht, bevor er ins Profilager übergewechselt war, und hatte dann durch eine Serie von K.-o.-Siegen auf sich aufmerksam gemacht. Wäre alles normal verlaufen, hätte er den Weltmeisterschaftskampf mit Anger bereits als Fünfundzwanzigjähriger bestreiten können, doch das zermürbende Gerangel um Vertragsbedingungen und den Austragungsort hatten dieses Ereignis um zwei Jahre verzögert.

In der Zwischenzeit hatte Big Dan Anger drei schwächere Herausforderer mühelos ausgeschaltet, und spätestens beim Wiegen an diesem Morgen war Jim klargeworden, daß Anger auch in ihm eine leichte Beute sah. Das Wettpublikum schien Jims K.-o.-Siegen allerdings mehr Bedeutung beizumessen, denn es gab ihm wenigstens eine 2:1-Außenseiterchance auf den Sieg.

Vor dem Kampf drängten sich Fans und Bekannte in Jims Garderobe, und er mußte endlose Gespräche anhören, bis sein Trainer sie schließlich alle hinauskomplimentierte. Lediglich Connie Claus, der Sportredakteur der beliebtesten Morgenzeitung der Stadt,

blieb zurück.
Connie war ein kleiner weißhaariger Mann, der ständig lächelte, der wie kein anderer über alles, was mit Sport zu tun hatte, Bescheid wußte, und mit diesem Wissen unaufhörlich angab.
Jetzt setzte er sich rittlings auf einen Stuhl, begann seine Pfeife zu reinigen und fragte: »Was meinst du, Jim? Kannst du den Champion schlagen?«
»Ich kann ihn schlagen«, antwortete Jim.
»Du bist ein guter Boxer, mein Junge. Du trägst einen berühmten Namen, und dem mußt du erst mal gerecht werden. Jim Figg ... der erste Jim Figg ... hat den Faustkampf in Europa wieder eingeführt. Er war Schwergewichtsmeister von 1719 bis 1734 in England.«
»Weiß ich«, antwortete Jim. Tatsächlich hatte er das ein Jahr zuvor in einer von Claus' Kolumnen gelesen.
»Stell' dir das mal vor! Das war immerhin schon bevor Jack Broughton die Boxregeln neu aufgestellt hat.«
Jim verschwand in der Duschkabine und drehte den Wasserhahn auf, um den Vortrag des Sportreporters nicht mehr hören zu müssen. In zwei Stunden ist alles vorbei, dachte er sich. Wenn er den Kampf gewann ... und er wußte, daß das der Fall sein würde ... war er Schwergewichtsweltmeister. Dafür konnte er sich Connie Claus' Geschwätz ruhig noch ein wenig anhören.
»Was macht dein Mädchen?« erkundigte sich Connie, als Jim aus der Dusche kam. »Willst du sie heiraten?«
»Sue? Vielleicht mach ich ihr 'nen Antrag, wenn ich heute abend gewinne.«

»Kann ich das in meinem Artikel bringen?«
Jim grinste. »Warten Sie bis nach dem Kampf.«
Der Reporter sah schweigend zu, wie der Trainer Jims Hände bandagierte. Schließlich zog er tief an seiner Pfeife und fragte: »Hast du je etwas von einem anderen Champion gehört, Jim? Ich meine, abgesehen von Big Dan?«
»Wie meinen Sie das?«
»Tja, es ist vermutlich absurd, aber in meinem Beruf hört man 'ne ganze Menge.«
Jim ließ seine Armmuskeln spielen. Er fühlte sich in Bestform. »Falls es noch einen Anwärter auf den Titel gibt . . .«
»Nein, wir haben uns mißverstanden, Jim. Es gibt lediglich Leute, die behaupten, daß Big Dan Anger gar nicht Weltmeister ist . . . es nie gewesen ist.«
Jim schnaubte verächtlich und streckte die Arme aus, um sich die Handschuhe anziehen zu lassen. »Wer, zum Teufel, ist's denn?« Jim machte lediglich höflich Konversation. In Gedanken konzentrierte er sich bereits auf den Kampf gegen Anger.
»Hast du je was von einem Blanco gehört? Roderick Blanco?«
»Gab's da nicht vor einigen Jahren einen Bantamgewichtsboxer namens Blanco in Chicago?«
Connie schüttelte den Kopf. »Das ist ein anderer.«
»Also wer denn?«
Der Reporter zuckte mit den Schultern. »Das weiß eben niemand. Wenn ich auch nur die geringste Ahnung hätte, würde ich sofort einen Artikel daraus machen. Ein ehemaliger Ringrichter hat den Namen eines Abends, als er betrunken gewesen ist, mal erwähnt. Als er wieder nüchtern war, wollte er kein

Wort mehr davon wissen. Aber seitdem brodelt es in der Gerüchteküche.«

»Gehen wir!« erklärte Max, der Trainer. »Vorerst haben wir genug geredet.«

Connie stand auf und hob die Hand. »Ich sehe mir den Kampf an. Viel Glück . . . Champion!«

»Danke«, erwiderte Jim lächelnd und trat in den düsteren Gang hinaus, der in die Boxarena führte. Das war seine Stunde, sein Abend. Selbst Connie Claus wußte das.

Sie hörten, wie Begeisterung unter der Zuschauermenge draußen in der Arena ausbrach, und Max legte die Hand auf Jims Schulter. Sekundanten und andere Helfer drängten sich um Jim, als die Gruppe einen Augenblick vor dem Eingang zur Arena haltmachte. Draußen wurden ehemalige Boxchampions wie Clay, Liston und Patterson vorgestellt, und jeder Name entfachte einen neuen Begeisterungssturm der Menge.

Dann war Jim Figg an der Reihe. Er ging mit gemessenen Schritten den Mittelgang entlang, während der Beifall der Zuschauer zu einer Ovation anschwoll. Big Dan war nie ein besonders populärer Boxweltmeister gewesen, und die Leute waren gekommen, um ihn verlieren zu sehen. Jim kletterte durch die Seile. Der scharfe Schweißgeruch der Kontrahenten aus dem vorausgegangenen Kampf stieg ihm unangenehm in die Nase.

Big Dan Anger hatte von jeher die Angewohnheit gehabt, erst in letzter Minute zu einem Kampf zu erscheinen. Auch diesmal hatte die Zuschauermenge bereits mit unwilligen Sprechchören und Fußgetrappel begonnen, als er endlich die Arena betrat. Anger war ein hünenhafter Mann, der den Titel des Boxweltmeisters zweieinhalb Jahre lang erfolgreich verteidigt hatte. Mit seinem kurzgeschnittenen schwarzen Haar und den tiefliegenden Augen, die außerhalb des Rings stets schläfrig blickten, wirkte er eher wie ein Ringer.

Der Ringrichter leierte den beiden Kontrahenten die Regeln herunter, die sie bereits auswendig kannten. Dann ertönte der Gong. Der Ton der Glocke hatte von jeher eine überraschende Wirkung auf Jim ausgeübt, und auch im Zuschauerraum herrschte kurz Stille. Dann, als Big Dan seinen ersten Schlag gegen Jims Schulter landete, kam erneut Leben in das Publikum. Die ersten beiden Runden tänzelte Jim leichtfüßig um Anger herum und kam mit einigen Schlagkombinationen durch, die ihm Punkte brachten. Jim schätzte, daß die erste Runde unentschieden gewertet wurde, und die zweite Runde an ihn gegangen war. Zu Beginn der dritten Runde war der Weltmeister bereits sichtlich ins Schwitzen geraten, und es gelang Jim, ihm mit einem gezielten Schlag eine Platzwunde über einer Augenbraue zuzufügen. Dann mußte er eine rechte Gerade ans Kinn einstecken, die ihn mit solcher Wucht traf, daß er rückwärts in die Seile taumelte, während Anger zum entscheidenden Schlag ausholte.

Jim sah die Scheinwerfer über dem Ring nur noch verschwommen, als er an den Seilen entlangglitt und auf den Schlag wartete, der ihn erledigen würde. Plötzlich jedoch hatte er wieder klare Sicht. Er blockte Big Dans aufwärtsschnellende Linke geschickt ab und setzte mit einer Rechts-Links-Kombination nach. Der Champion, der darauf nicht gefaßt gewe-

sen war, taumelte und schwankte. Jim schickte ihn mit einem gezielten Schlag auf die Bretter und zog sich dann in seine neutrale Ecke zurück.
Big Dan Anger versuchte aufzustehen, als der Ringrichter bis sieben gezählt hatte, doch die Beine versagten ihm den Dienst. Auf den Knien wurde er ausgezählt. Die Menge raste vor Begeisterung.
Jim Figg war der neue Schwergewichtsweltmeister.
Als sich Jim später in seiner Kabine auf dem Massagetisch ausstreckte und ihm noch die begeisterten Zurufe seiner Bewunderer in den Ohren klangen, wuchs in ihm das Gefühl, etwas Großes geleistet zu haben. Er hatte es geschafft . . . für Sue, Max, Connie Claus und all die anderen, die an ihn geglaubt hatten.
»Eine Nachricht für dich, Champion«, meldete Max und reichte Jim ein Kuvert, das an der Tür abgegeben worden war.
»Da scheint mir noch jemand gratulieren zu wollen«, murmelte Jim, riß den Umschlag auf und starrte auf die Karte. Darauf stand: ›Sie sind eingeladen, Mr. Roderick Blanco kennenzulernen. Morgen abend wird Sie ein Wagen abholen.‹
»Was zum Teufel soll das?« Jim warf Nachricht und Umschlag zur Seite.
In diesem Augenblick sprang die Tür unter dem Druck der Menge im Korridor auf, und Big Dan Anger kam hastig herein. Er trug bereits Straßenkleidung und wirkte darin irgendwie kleiner und verwundbarer. »Es war ein guterKampf, mein Junge«, murmelte er. »Du hast verdient gesiegt.«
»Danke, Dan.«
»Kann ich mich durch die Hintertür deiner Garderobe verdrücken? Claus ist wegen eines Interviews

hinter mir her.«
»Klar! Geh ruhig.« Dann fiel Jims Blick auf die fortgeworfene Nachricht, und er erinnerte sich plötzlich an Connie Claus' Bemerkung vor dem Kampf. »Dan, sag mal . . . wer ist eigentlich Roderick Blanco?«
Angers Miene erstarrte, als Jim diesen Namen aussprach. Er sah Jim einen Augenblick schweigend an und sagte dann: »Das wirst du selbst herausfinden, mein Junge. Sehr bald sogar.«

Den größten Teil des folgenden Tages verschlief Jim. Als er endlich aufwachte, war es bereits früher Nachmittag. Sein Blick fiel auf den Sportteil der Zeitung, den jemand am Fußende des Bettes aufgestellt hatte. ›FIGG BESIEGT DEN SCHWERGEWICHTSWELTMEISTER DURCH TECHNISCHEN K.O.‹, lautete die Schlagzeile und darunter war ein Foto, das Jim bei seinem entscheidenden Schlag gegen Big Dans Kinn zeigte. Jim rollte sich lächelnd zur Seite. Er fühlte sich großartig. Er nahm sich vor, Sue am Abend zu bitten, ihn zu heiraten.
Jim führte einige Telefongespräche, sprach mit unzähligen Reportern und erfuhr bereits an diesem Nachmittag, welchen Preis er für seinen plötzlichen Ruhm zahlen mußte. Am folgenden Sonntagabend sollte er in einer Fernsehshow auftreten, eine Illustrierte brauchte eine Porträtaufnahme für ein Titelbild von ihm, und eigentlich wollte überhaupt jeder irgend etwas von ihm.
Er beschloß, allein zu Abend zu essen und danach Sue abzuholen. Auf dem Weg zu ihr tauchte dann plötzlich eine elegante, schwarze Limousine wie aus dem Nichts auf, drängte seinen Wagen an den Stra-

ßenrand und zwang ihn auf diese Weise zu halten. Jim sprang mit geballten Fäusten aus dem Wagen und sah sich zwei fremden, athletisch gebauten jungen Männern gegenüber. Ein Blick sagte ihm, daß er spielend mit ihnen fertig werden konnte.
»Ihr braucht wohl noch 'n paar Fahrstunden, Jungs«, begann Jim wütend.
»Wir sind mit Mr. Blancos Wagen hier. Offensichtlich haben Sie vergessen, daß Sie mit ihm verabredet sind.«
Ein Schauer lief Jim über den Rücken. War es Angst?
»Ich kenne keinen Blanco. Außerdem habe ich bereits eine Verabredung.«
»Natürlich. Und zwar mit Roderick Blanco.«
Jim machte einen Schritt auf die beiden zu, als der eine blitzschnell einen kleinen Revolver aus der Tasche zog. Das Ganze schien offensichtlich kein Scherz zu sein. Was auch immer dahinterstecken mochte, die Sache war todernst.
Es war eine lange Fahrt, die über die Grenze des Staates New York hinausging und vor einem großen Besitz an der Küste, der hinter hohen Mauern verborgen lag, endete. Jim wurde in ein riesiges Wohnzimmer geführt, wo ihn eine hübsche junge Frau erwartete. Sie hatte langes, dunkles Haar und trug ein glitzerndes Abendkleid.
»Guten Abend, Mr. Figg«, begrüßte sie ihn. Sie artikulierte jedes Wort sehr deutlich, hatte jedoch einen leichten ausländischen Akzent. »Ich bin froh, daß Sie kommen konnten.«
»Ich bin nicht freiwillig hier. Was soll das überhaupt?«
Sie ging auf seine Frage nicht ein. »Ich bin Sandra

Blanco. Mein Mann wird jeden Augenblick hier sein. Darf ich Ihnen inzwischen etwas zu trinken anbieten?«
»Zu einem Scotch sage ich nicht nein.« Jim beobachtete, wie sie zur Anrichte ging, und sein Blick ruhte bewundernd auf ihren Hüften, die sich deutlich unter dem roten Abendkleid abzeichneten. »Ich kann nur hoffen, daß Sie und Ihr Mann sich im klaren sind, was auf Entführung steht.«
»Aber, Mr. Figg! Jetzt übertreiben Sie! Wenn Sie wollen, können Sie dieses Haus sofort wieder verlassen.«
»Und vermutlich zu Fuß in die Stadt zurückkehren, was? Im übrigen wird man bald entdecken, daß ich verschwunden bin. Ich bin zur Zeit ein ziemlich gefragter Mann, wissen Sie.«
»Ich habe den Kampf im Fernsehen verfolgt«, erwiderte sie und brachte ihm ein Glas Whisky. »Sie haben einen fantastischen Körper.«
»Das Kompliment kann ich an Sie zurückgeben. Trinken Sie nichts?«
Sandra Blanco sah lächelnd auf ihn herab. »Ich warte damit, bis mein Mann kommt.« Sie zündete eine Zigarette an. »Sie sind nicht wie die anderen.«
»Welche anderen?«
»Die anderen Boxer . . . die anderen Boxweltmeister. Sie machen einen . . . einen gebildeten Eindruck.«
»Ich bin ein wenig in der Welt herumgekommen. Und ich habe während meines Collegestudiums mit dem Boxen angefangen. Natürlich habe ich nie ein Examen gemacht.« Der Whisky war ausgezeichnet und Sandra Blanco eine charmante Gastgeberin. Trotzdem wurde Jim unruhig. »Wo bleibt denn Ihr

Mann?« fragte er schließlich.
In diesem Augenblick sagte hinter ihm eine tiefe, kräftige Stimme: »Ich bin schon hier, Mr. Figg. Entschuldigen Sie die Verspätung.«
Jim stand auf und sah den Neuankömmling an. Roderick Blanco war ein dunkelhaariger, ungefähr dreißigjähriger Mann. Er hatte breite Schultern und den mächtigen Brustkorb eines Boxers, und Jim fragte sich insgeheim zum ersten Mal, ob doch etwas Wahres an Connie Claus' dunklen Andeutungen sein konnte. »Vielleicht erklären Sie mir das alles endlich«, begann Jim und vermied es absichtlich, Blanco die Hand zu schütteln.
»Haben Sie denn nach dem Kampf meine Nachricht nicht bekommen?« Blanco neigte beim Sprechen den Kopf leicht zur Seite, als horche er auf entfernte Stimmen.«
»O doch.«
Blanco wandte sich an seine Frau. »Bitte, laß uns jetzt allein, Sandra.« Sandra Blanco ging ohne ein Wort hinaus. Sie war es offenbar gewöhnt, zu gehorchen. Blanco beobachtete, wie sich die Tür hinter ihr schloß und wandte sich dann an Jim. »Die Einladung in mein Haus ist als eine Art Herausforderung zu verstehen«, erklärte er.
»Als Herausforderung?«
Roderick Blanco lächelte ausdruckslos. »Ich bin der Schwergewichtsweltmeister. Der echte Champion.«
»Das ist doch Unsinn. Die Fernsehzuschauer mitgerechnet, haben vermutlich gut zwanzig Millionen Menschen gestern abend gesehen, wie ich Anger geschlagen habe.«
Roderick Blanco lächelte noch immer. »Vielleicht

sollten Sie wissen, Mr. Figg, daß ich Big Dan Anger in der fünfunddreißigsten Sekunde der fünften Runde k.o. geschlagen habe. Das war vor über zwei Jahren ... genau genommen am vierten Abend nach der Titelverteidigung an Anger.«

»Und Sie erwarten, daß ich das glaube? Wo hat dieser Kampf stattgefunden? Und wer ist dabei gewesen?«

»Der Kampf wurde im Keller dieses Hauses ausgetragen. Der Ringrichter war ein ehemaliger, inzwischen pensionierter Profi, der für seine Dienste gut bezahlt worden ist. Ich kann Ihnen sowohl die von ihm unterzeichnete Urkunde als auch eine von Anger unterschriebene Erklärung zeigen.« Blancos kräftige Schultern bewegten sich unter dem Smokingjackett. »Ich habe in den vergangenen zehn Jahren noch jeden Weltmeister geschlagen.« Stolz schwang in seiner Stimme mit, und Jim ahnte, daß er die Wahrheit sagte.

»Aber warum diese Geheimniskrämerei? Warum entführt man mich mit Waffengewalt?«

Roderick Blanco ging im Zimmer auf und ab. Seine Augen glitzerten seltsam. Sein Gesichtsausdruck erinnerte Jim an einen kleinen Jungen auf dem Weg zu einem spannenden Ballspiel. »Mein Vater war der reichste Mann in diesem Staat, Mr. Figg. Und die Söhne reicher Väter pflegen sich nun mal nicht als Profiboxer zu betätigen. Als ich im College ein paar Boxkämpfe bestritten habe, hätte mich mein Vater beinahe aus dem Haus geworfen.« Er neigte erneut den Kopf leicht zur Seite. »Bis zu meinem fünfunddreißigsten Lebensjahr verwaltet eine Treuhandgesellschaft das Familienvermögen. Falls ich mich vorher im Profiboxgeschäft engagiere, bekomme ich

keinen Cent.«
»Das ist doch absurd!«
»Mein Vater hatte eben etwas ungewöhnliche Vorstellungen.« Jetzt schien Roderick Blanco tatsächlich auf eine Stimme zu horchen, die nur er hören konnte. »Er ist in einer Heilanstalt gestorben. Er hat sich mit einem spitzen Hühnerknochen die Kehle durchgeschnitten. Die Wärter konnten ihn nicht mehr retten. Aber genug davon . . . Sie möchten jetzt sicher die Kampfstätte besichtigen.«
»Ich habe nicht die Absicht, gegen Sie zu boxen«, erklärte Jim und machte keine Anstalten aufzustehen.
»Natürlich werden Sie das tun. Und zwar schon morgen abend. Bis dahin sind Sie mein Gast. Falls Sie wert darauf legen, können Sie morgen einen meiner Angestellten als Sparringspartner haben. Allerdings darf ich wohl annehmen, daß Sie vom gestrigen Kampf her noch in Form sind.«
»Was ist, wenn ich mich weigere?«
»Bisher hat das noch niemand getan.«
»Dann bin ich eben der erste.«
Der dunkelhaarige Mann breitete in resignierter Geste die Arme aus. »Tja, dann muß ich Sie eben so lange hier behalten, bis Sie Ihre Meinung geändert haben.«
»Soll das heißen, daß Sie mich mit Gewalt hier behalten wollen?«
»Vergessen Sie nicht, daß es nicht unbedingt sein muß. Die anderen sind alle bereitwillig gegen mich angetreten und danach in die Öffentlichkeit zurückgekehrt, als sei nichts geschehen.« Der Anflug eines Lächelns umspielte seinen Mund. »Niemand wird je

erfahren, daß ich Sie geschlagen habe.«
»Und was ist, wenn ich gewinne?«
»Das ist noch nie vorgekommen.«
Jim blieb eine Weile schweigend in seinem Sessel sitzen und dachte über seine Lage nach. Die Sache reizte ihn, und er war noch nie der Mann gewesen, der einem Kampf aus dem Weg ging. Außerdem schien es die einfachste Möglichkeit zu sein, seine Freiheit wiederzugewinnen, indem er sich dem Kampf stellte. »Na, gut«, entschied er schließlich. »Ich werde gegen Sie boxen.«
»Aha!« Es klang wie ein Seufzer.
»Aber ich werde heute abend in der Stadt erwartet. Ich muß unbedingt telefonieren.«
»Gut. Aber bitte keine Tricks!«
»Nein, natürlich nicht.«
Jim hoffte, daß Connie Claus noch in der Redaktion sein und an seiner Kolumne für die Morgenausgabe schreiben würde. Er wählte die bekannte Nummer, während Blanco neben ihm stand.
»Ich möchte bitte Mr. Claus sprechen«, murmelte er undeutlich, als sich die Telefonzentrale der Zeitung meldete.
Es dauerte nicht lange, und Connie meldete sich. »Claus«, sagte er tonlos. Es klang, als sei er gelangweilt oder beschäftigt.
»Hier ist Jim Figg, Connie.«
»Hallo, wie geht's dir, Champion?«
»Hören Sie, ich kann unsere Verabredung heute abend nicht einhalten.«
»Was?«
»Könnten Sie bitte auch Max und Sue Bescheid sagen?«

»Wovon redest du überhaupt?« fragte Claus verwundert.
Jim sah in Roderick Blancos dunkelbraune Augen. »Ich bleibe ein paar Tage an der Küste . . . bei Schnee-Weiß.«
»Wie bitte? Ich verstehe überhaupt nichts mehr.«
Roderick Blanco drückte mit der Hand auf die Telefongabel und unterbrach die Verbindung. »Das war dumm von Ihnen«, bemerkte er. »Weiß für Blanco. Ich möchte allerdings bezweifeln, daß er Sie begriffen hat.«
»Das bezweifle ich auch«, murmelte Jim deprimiert.
»Versuchen Sie so was ja nicht noch mal.«
»Ich dachte nur, daß Sie vielleicht jemand von der Presse als Zeugen beim Kampf dabeihaben wollten.«
Blanco schüttelte den Kopf. »Die Presse lassen wir aus dem Spiel.«
»Was ist mit einem Ringrichter?«
»Das habe ich längst arrangiert. Ein älterer, pensionierter Ringrichter wird gegen ein großzügiges Honorar den Kampf leiten.«
»Und Zuschauer?«
»Als Zuschauer fungieren nur meine Frau und meine Hausangestellten. Es ist wie gesagt eine reine Privatangelegenheit. Kommen Sie! Ich zeige Ihnen jetzt die Kampfstätte.«
Er führte Jim über eine breite Treppe in den Keller und in einen erstaunlich hohen hellerleuchteten Raum. In der Mitte war ein Boxring aufgebaut, vor dem sich eine einzige Stuhlreihe befand.
»Die Seile sind ja schwarz«, bemerkte Jim.
»Ja, das ist meine einzige Konzession an guten Geschmack. Die Seile entsprechen den erforderlichen

Normen, aber sie haben einen Samtüberzug.«
»Aha.«
»Gefällt es Ihnen?«
»Klar. Wenigstens muß ich hier keine Angst haben, daß ich nach dem Kampf von der Menge im Ring erdrückt werde.«
»Natürlich haben wir nur wenige Zuschauerplätze, aber dafür sind sie alle direkt am Ring.«
»Sicher.«
Roderick Blanco streckte die Hand aus. »Also dann bis morgen abend? Um acht Uhr?«
Jim schüttelte ihm die Hand und sah ihm nach, wie er schnell zur Treppe ging. Er fragte sich, wo er wohl die Nacht verbringen würde. In diesem Augenblick trat jedoch bereits einer der Diener hinter ihn. »Bitte folgen Sie mir. Ihr Zimmer liegt dort drüben, Sir.«
»Klar, doch.« Jim überlegte hastig, ob der Mann bewaffnet war und bei einem Fluchtversuch auch von seiner Waffe Gebrauch machen würde. Dann beschloß er, es lieber nicht darauf ankommen zu lassen. Er wollte bleiben und gegen Roderick Blanco im Ring antreten, denn er war überzeugt, den Mann schlagen zu können.

Jim fand in dem fremden Bett lange keinen Schlaf. Er verbarg den Kopf tief im weichen Daunenkissen und versuchte, an gar nichts mehr zu denken. Er war gerade dabei, einzuschlafen, als er ein leises Klicken hörte. Seine Muskeln spannten sich an. Die Tür wurde lautlos geöffnet und wieder geschlossen. Jemand war im Zimmer. Sein erster Gedanke galt Blanco oder einem seiner Diener, doch als er blitzschnell herumrollte, um sich auf den Eindringling zu

stürzen, sagte eine sanfte Stimme: »Keine Angst! Ich bin's. Sandra Blanco.«
Jim setzte sich abrupt im Bett auf. Im dunklen Zimmer konnte er sie nur schemenhaft erkennen.
»Machen Sie gern mitternächtliche Schlafzimmerbesuche bei Herren, Mrs. Blanco?« erkundigte er sich.
»Ich muß unbedingt vor morgen früh noch mit Ihnen sprechen. Sie sind nicht wie die anderen. Ich glaube, Sie könnten ihn schlagen.«
»Ich weiß, daß ich ihn schlagen werde.«
Er spürte, wie sie sich zu ihm auf den Bettrand setzte.
»Deshalb möchte ich ja mit Ihnen reden. Sie müssen ihn auf jeden Fall gewinnen lassen.«
»Warum sollte ich das tun? Nur damit er der geheime Weltmeister im Schwergewichtsboxen bleibt?«
»Sie verstehen nicht, worum es geht. Das habe ich allerdings befürchtet. Mein Mann ist . . . er ist nicht normal. Falls Sie den Kampf morgen abend gewinnen, werden Sie dieses Haus nicht lebend verlassen.«
»Also jetzt übertreiben Sie doch etwas!« Jim versuchte verächtlich zu klingen, doch in Wirklichkeit war ihm bei ihren Worten ein eiskalter Schauer über den Rücken gelaufen.
»Ganz und gar nicht. Es ist mein voller Ernst! Ihre Vorgänger haben verloren und sind mit dem Leben davongekommen, weil Roderick wußte, daß sie niemandem etwas erzählen würden. In diesem Fall hätten sie nämlich ihre Niederlage zugeben müssen. Falls Sie allerdings morgen den Kampf gewinnen sollten, kann Roderick keineswegs sicher sein, daß Sie schweigen werden. Und wenn Sie vor der Presse auspacken, dann bleibt ihm nicht nur die Schmach der Niederlage, sondern er würde auch das Vermö-

gen seines Vaters verlieren.«
»Aber wird er deswegen einen Mord begehen?«
»Es wäre nicht das erste Mal«, entgegnete Sandra Blanco. »Der alte Ringrichter zum Beispiel, der den letzten Kampf . . . den gegen Anger . . . geleitet hat, hat sich eines Abends betrunken und geredet. Das genügte, um Gerüchte in der Stadt entstehen zu lassen. Roderick hat . . . hat dafür gesorgt, daß der Mann bei einem Autounfall ums Leben kam.«
»Das ist doch wohl nicht Ihr Ernst?«
»Selbstverständlich. Und wenn Sie den Kampf morgen gewinnen, wird er Sie töten.«
Dann stand Sandra Blanco auf und verschwand so schnell wie sie gekommen war. Jim blieb mit dem Echo ihrer Worte allein zurück.

Als Jim am darauffolgenden Morgen zum Frühstück hinunterging, war von Roderick Blanco nichts zu sehen. Sandra Blanco frühstückte mit ihm, doch sie erwähnte mit keinem Wort und mit keiner Geste ihre mitternächtliche Unterhaltung.
»Wo ist Ihr Mann?« erkundigte sich Jim und biß in eine Scheibe Toast. »Ißt er mit uns?«
»Sie werden ihn erst heute abend wiedersehen. Er trainiert außer Haus . . . bringt sich für den Kampf in Kondition.«
»Und dazu braucht er nur einen Tag?«
»Ja.«
Jim trank einen Schluck Orangensaft und starrte zu den dunklen Herbstwolken hinauf, die der Wind die Küste entlangtrieb. »Wie haben Sie Blanco eigentlich kennengelernt?« fragte er unvermittelt.
Sie warf einen Blick auf den Diener, der sich in der

Nähe zu schaffen machte und antwortete: »Das ist eine lange Geschichte. Ich will Sie damit nicht langweilen. Ich habe mir immer Sicherheit gewünscht. Wie Sie sehen, habe ich sie hier gefunden.«

»Ja.«

»Er ist wirklich sehr gut zu mir.« Sie starrte auf die Brotkrümel auf ihrem Teller. »Und wer weiß ... wenn der heutige Abend vorbei ist, gibt es vielleicht für mehrere Jahre keinen Champion, gegen den er boxen muß.«

»Wenn der heutige Abend vorbei ist«, wiederholte Jim.

»Möchten Sie vielleicht noch ein wenig mit einem Sparringspartner trainieren?«

»Es wäre nicht schlecht, ein Gefühl für den Ring zu bekommen«, antwortete Jim.

»Einer der Diener wird sich um Sie kümmern. Er kann Ihnen auch gleich die Garderobe und alles andere zeigen.« Sie stand auf und verschwand in dem riesigen Haus.

Jim blieb allein zurück und starrte durch das Fenster aufs Meer hinaus. In diesem Augenblick wurde ihm das Absurde seiner Lage bewußt. Hier, im Keller einer Villa am Meer, sollte er gegen den verrückten Sohn eines reichen Mannes um die geheime Weltmeisterschaft im Schwergewicht boxen. Und falls er den Kampf gewann, würde man ihn umbringen.

Jim stand auf und ging mit schnellen Schritten zur Haustür. Bei Tageslicht erschien ihm die ganze Geschichte einfach lächerlich. Er machte die Tür auf und lief die breite, lange Auffahrt zur Straße hinunter. Er hatte das halbgeöffnete Parktor beinahe erreicht, als eine Stimme rief: »Augenblick mal, Mr.

Figg!«
Es war einer der Männer, die ihn hergebracht hatten, und er hielt wieder den Revolver in der Hand. »Sie wollen uns doch nicht etwa verlassen, Mr. Figg, oder?«

Jim verbrachte den Rest des Tages im Keller und trainierte resigniert am Sandsack und mit dem Springseil. Anschließend boxte er zwei Sparringsrunden mit einem von Blancos Angestellten und schickte den Mann mühelos viermal auf die Bretter, bevor er den Übungskampf beendete. Die ganze Sache hatte für Jim etwas Unwirkliches. Es war beinahe so, als erwarte er jeden Augenblick, daß ein bisher unsichtbarer Regisseur auftauchen und dem Spiel ein Ende bereiten würde. Die Diener von Roderick Blanco, die mit undurchdringlichen, starren Mienen lautlos auf Gummisohlen durch die Gänge des riesigen Hauses liefen, verstärkten diesen Eindruck noch.
»Essen Sie zu Abend?« fragte Sandra Blanco ihn am Spätnachmittag.
»Nein, vor einem Kampf esse ich nie«, antwortete er. »Vielleicht hinterher.«
Sie blieb vor dem Boxring stehen und starrte zu ihm hinauf. Jim dachte einen Augenblick, sie wolle noch etwas sagen, doch dann war die Gelegenheit vorüber, und Sandra Blanco war wieder gegangen.
Um halb acht Uhr kam einer der Diener, um ihm bei den letzten Vorbereitungen für den Kampf zu helfen. Punkt acht Uhr führte man ihn dann in den riesigen Kellerraum und zum Boxring mit den Seilen, die mit Samt überzogen waren. Sandra Blanco saß auf einem

der Stühle am Ring. Die übrigen Plätze hatten die Hausangestellten und die beiden Männer eingenommen, die Jim in das Haus am Meer gebracht hatten. Er kletterte durch die Seile und spürte, wie sein Herz schneller zu klopfen begann. Das war das vertraute Gefühl gespannter Erwartung, das ihn vor jedem Kampf erfaßte. Doch diesmal war alles ein wenig anders. Diesmal ging es um Leben oder Tod.

Während man auf Roderick Blancos Erscheinen wartete, war es vollkommen still. Dann kam Blanco plötzlich mit langen Schritten durch den Raum, ließ noch im Gehen seinen Bademantel in die Hände eines Sekundanten gleiten und stieg in den Ring. Seine mächtige Brust war mit lockigem, schwarzen Haar bedeckt, und die kräftigen Schenkelmuskeln unterhalb der dunkelblauen Shorts glänzten. Blanco sah in diesem Augenblick bereits wie ein Weltmeister aus.

Er nickte Jim zu und sagte: »Unser Ringrichter.« Dabei deutete er auf einen kleinen Mann mit Glatze, der ihm in den Ring gefolgt war. »Er heißt Walters und hat in den vierziger Jahren, also vor Ihrer Zeit, zwei Weltmeisterschaftskämpfe geleitet.«

Der Ringrichter leierte hastig die Kampfregeln herunter und vermied es, die beiden Kontrahenten anzusehen, so als betrachte er seine eigene Rolle bei dieser Angelegenheit als reichlich zwielichtig. Anschließend kehrten die beiden Boxer in ihre Ecken zurück und warteten dort, bis einer von Blancos Dienern, der als Zeitnehmer fungierte, die erste Runde einleutete.

Blanco kam schnell und geduckt aus seiner Ecke und suchte eine Lücke in Jims Deckung. Jim wich tänzelnd einige Schritte zurück, versuchte den Kampfstil seines Gegners herauszufinden und merkte zum ersten Mal, wie schwierig es war, gegen einen Mann zu boxen, den er noch nie zuvor im Ring gesehen hatte. Die beiden Gegner gingen schnell in den Clinch, bis der Ringrichter sie trennte. Jim landete einen spektakulären Schlag gegen Blancos Schulter, doch die Runde endete ohne größere Blessuren bei den beiden Gegnern.

Während der zweiten Runde begann die Stille am Ring Jim nervös zu machen. Er war das Lärmen der Menge und die erregten Zuschauer auf jeden gezielten Schlag gewöhnt. Hier allerdings, bei einem Kampf vor knapp zwanzig Menschen, die offenbar alle auf Blancos Seite standen, reduzierte sich der übliche Zuschauerlärm auf ein gelegentliches Murmeln. Es war, als liefe vor diesen Leuten ein langweiliger Film ab, dessen Ende sie bereits kannten. Und vielleicht kannten sie den Ausgang tatsächlich schon.

In den letzten Sekunden dieser Runde kam Jim mit einer harten Rechten auf Blancos Kinn durch und setzte seine Angriffe auch in der dritten Runde unermüdlich fort. Doch Roderick Blanco konnte erstaunlich viel einstecken und schien kaum müde zu werden. Der Schlagabtausch dauerte zwei weitere Runden, und Jim mußte sich bekümmert eingestehen, daß der Kampf bisher unentschieden stand.

Etwa in der Mitte der sechsten Runde fuhr Blanco schließlich seine schweren Geschütze auf. Er deckte Jim mit einigen schnellen, harten Schlagkombinationen ein, die Jim zum ersten Mal aus dem Gleichgewicht brachten und schließlich im wahrsten Sinne des Wortes in die Knie zwangen. Mit blutunterlaufe-

nen Augen starrte Jim durch die Seile des Rings hindurch zu Sandra Blanco hinunter, sah, wie sich ihre Lippen bewegten, als wolle sie ihm sagen, er solle unten bleiben. Es war ein günstiger Augenblick, den Kampf auf diese Weise zu beenden. Er konnte sich bis zehn auszählen lassen, und niemand würde je etwas davon erfahren. Er war immer noch der Weltmeister im Schwergewicht. Warum sollte er diesem Verrückten nicht den Augenblick des Ruhms gönnen? Doch bevor der Ringrichter bis acht gezählt hatte, war Jim wieder auf den Beinen. Blanco gab ihm keine Chance sich zu erholen, sondern ließ ein wahres Feuerwerk an Schlägen auf ihn los. Diesmal fiel Jim flach auf die Bretter. Er fragte sich gerade, bei welcher Zahl der Ringrichter beim Auszählen angelangt sein mochte, als ihn der Gong rettete.
Zu Beginn der siebten Runde war Jim klar, daß er seine ganze Kondition und all sein Können aufbieten mußte, um sich überhaupt drei Minuten lang auf den Beinen halten zu können. Blanco war kein Schwindler. Er hatte tatsächlich das Zeug zu einem Weltmeister. In der siebten Runde kämpften sie unentschieden. Nach dem Gong sank Jim auf seinen Hocker und fragte einen Sekundanten: »Wie lange hat Dan Anger gegen ihn durchgehalten?«
Der Mann antwortete nach kurzem Zögern: »Sechs Runden.«
»Gut. Acht schaffe ich allemal.«
In der achten Runde kam dann das Ende ziemlich schnell. Blanco, offensichtlich getäuscht durch Jims blutendes Gesicht, ging bedingungslos zum Angriff über, um seinen Gegner endgültig fertigzumachen. Aber Jim hatte den Schlag noch nicht angebracht, mit

dem er zwei Abende zuvor auch Dan Anger besiegt hatte. Blanco mußte diesen Schlag jetzt voll nehmen, sank in die Seile und griff sofort wieder an. Jim registrierte blitzschnell, daß die Deckung des Gegners nur unvollkommen war, und daß dieser durch die Wirkung des Schlages einen glasigen Blick bekommen hatte. Jim setzte mit einem, zwei und drei Schlägen nach, und Roderick Blanco ging in der Ringmitte mit dem Gesicht nach unten zu Boden. Der Ringrichter hatte ihn längst ausgezählt, als er langsam wieder zu sich zu kommen schien.
Jim Figg war der Weltmeister im Schwergewicht geblieben.

Später, nachdem Jim die Handschuhe ausgezogen, sich geduscht und sich angezogen hatte, stand er Blanco im Wohnzimmer gegenüber. Der dunkelhaarige Mann musterte Jim scharf. Er hatte ein Pflaster über der linken Braue, und sein rechtes Auge war bläulich verfärbt und geschwollen. »Sie sind ein guter Boxer«, bemerkte er schließlich.
»Danke«, erwiderte Jim. »Sie waren ein harter Gegner. Ein wesentlich stärkerer als Anger.« In Worten konnte er es sich leisten, großzügig zu sein.
Blanco hatte beide Hände tief in die Taschen seines Bademantels vergraben. Sandra stand neben ihm. Ihr bleiches, maskenhaft starres Gesicht drückte Angst aus. »Es ist das erste Mal, daß ich einen Kampf verloren habe«, fuhr Blanco beinahe traurig fort.
»Roderick . . .«
»Sei still, Sandra«, wies er sie zurück. »Ja, das erste Mal. Ich beuge mich dem besseren Boxer . . . einem echten Weltmeister.«

Jim nickte unsicher. »Tja, dann kann ich mich wohl verabschieden.«
»Ich fürchte, das wird nicht gehen«, entgegnete Blanco gedehnt. »Ich kann es nicht zulassen, daß Sie in die Stadt zurückkehren und die Nachricht von Ihrem Sieg morgen in sämtlichen Zeitungen Schlagzeilen macht. Nein, und noch mal nein!«
Sandra versuchte zwischen sie zu treten, doch Blanco stieß sie beiseite. Dann zog er die rechte Hand aus der Tasche. Jim sah den Revolver. »Los, laufen Sie weg!« schrie Sandra ihm zu.
Doch an jeder Tür stand bereits ein Diener. Jim wurde klar, daß es kein Entrinnen gab. Er starrte auf den Revolver in Blancos Hand und konnte sich nicht vorstellen, daß das das Ende sein sollte. »Wollen Sie mich wirklich umbringen?« fragte er.
»Ich habe praktisch keine andere Wahl ... Es geschieht mit zu meinem Schutz.«
»Aber von mir würde niemand etwas erfahren.«
»Auch Ihr Freund Claus nicht?«
Sandra machte erneut Anstalten, sich zwischen sie zu stellen, doch einer der Diener riß sie zurück und hielt sie fest. Blanco hob die Waffe um einige Zentimeter. Jim maß mit den Blicken die Entfernung zum Fenster, wußte jedoch längst, daß er den Sprung in die Freiheit kaum schaffen konnte.
»Na, gut«, murmelte er. »Schießen Sie doch endlich.«
»Es tut mir wirklich leid, daß es so kommen mußte«, seufzte Blanco. Er krümmte den Finger am Abzug.
»Moment mal!« sagte Jim hastig.
»Ja?«
»Was ist, wenn ich Ihnen Gelegenheit zu einem Revanchekampf gebe?«

Blanco zögerte. Sein Finger am Abzug entspannte sich nur wenig. »Wann?«
»Bevor ich mich irgendeinem Herausforderer stelle«, erwiderte Jim.
Im Raum wurde es plötzlich still. Dann nickte Roderick Blanco kaum merklich. »Also gut. Kann ich mich auf Ihr Ehrenwort als Gentleman verlassen?«
»Selbstverständlich.«
»Und die Presse wird in der Zwischenzeit nichts erfahren?«
»Nichts«, versicherte Jim ihm.
Blanco nickte erneut. »In Ordnung. Falls Sie allerdings eines Ihrer Versprechen brechen sollten, lasse ich Sie umbringen . . . und zwar auf eine sehr langsame und qualvolle Art.«
Jim verbeugte sich, als Blanco den Revolver einsteckte. »Dann bis zum nächsten Mal . . . bis zum Wiedersehen zwischen den Seilen mit dem Samtbezug.«
Damit wandte er sich um und verließ das Haus.

Zwei Tage später traf Connie Claus Jim an einem kleinen Tisch im Hinterzimmer einer Bar in der Innenstadt. Claus lächelte wie ein Reporter, der eine Sensation witterte. »Du siehst prächtig aus, Champion. Wie geht es dir?«
»Ausgezeichnet, Connie. Einfach ausgezeichnet.«
»Du hast behauptet, daß du eine Exklusiv-Story für mich hast.« Der kleine Mann legte die Hände flach auf den Tisch und beugte sich vor. »Willst du mir verraten, wo du in den letzten Tagen gesteckt hast? Wirst du mir was über diesen Roderick Blanco erzählen?«
Jim sah ihn nur lächelnd an. »Nein. Ich möchte Ihnen

lediglich sagen, daß Sue und ich endlich heiraten werden.«
»Und deshalb hast du mich hierherkommen lassen?«
»Deshalb ... und weil ich mich vom Boxsport zurückziehen werde.«
»Was?« Connie Claus starrte ihn ungläubig an.
»Das hatte ich mir für den Fall, daß ich heirate, schon immer vorgenommen. Wahrscheinlich werde ich ein Sportartikelgeschäft eröffnen.«
»Du willst unbesiegt abtreten?«
»Ich habe es bereits getan. Vor einer Stunde habe ich meinen Entschluß der Boxsportkommission mitgeteilt. Ich bin nicht mehr Weltmeister im Schwergewichtsboxen. Der Titel ist wieder frei.«
Connie sprintete zum nächsten Telefon, und Jim gab dem Ober lächelnd ein Zeichen, ihm noch einen Drink zu bringen.

Am nächsten Morgen weckte ihn schon sehr früh das Klingeln des Telefons. Er schwang sich in der Erwartung aus dem Bett, es sei Sue oder vielleicht Max, und ging zum Apparat.
»Jim? Sandra Blanco, hier.«
»Oh? Hallo!«
»Er hat vor zwei Stunden Selbstmord begangen. Er hat in den Spätnachrichten gestern nacht von Ihrem Rücktritt erfahren, und ein paar Stunden später hat er sich umgebracht.«
»Das tut mir leid.«
»Wußten Sie, daß er es tun würde?«
»Nein«, antwortete Jim aufrichtig.
»Die Tatsache, daß er den Titel von Ihnen nie zurückgewinnen konnte, hat wohl den Ausschlag gegeben.

Selbst wenn er Sie gezwungen hätte, noch einmal gegen ihn anzutreten . . . Sie sind ja kein amtierender Weltmeister mehr. Sie haben ihn überlistet.«

»Ich habe mein Versprechen gehalten«, entgegnete er.

»Ja, aber . . .« Sie schluchzte leise auf.

»Es tut mir leid, daß er tot ist. Mehr kann ich dazu nicht sagen.« Dann fragte er ohne zu wissen warum: »Wie hat er es getan?«

»Er hat sich unten im Keller an einem der Samtseile erhängt.«

Mord ist ein Kinderspiel

Helen Nielsen

Keith Briscoe hatte Haßgefühle nie gekannt. Selbstbeherrschung, ein wacher Geist, harte Arbeit . . . das waren die Eigenschaften, die bei einem Polizeireporter Erfolg garantierten, und in den vierzehn Jahren, die vergangen waren, seitdem er, einige Nummern zu groß für seine alten Anzüge und für seinen ehemaligen Job als Laufjunge bei einer Zeitungsredaktion, aus Übersee zurückgekehrt war, hatte sich Keith Briscoe als einer der besten Reporter erwiesen. Begeisterung für die Arbeit gehörte auch dazu, und gelegentlich grenzte diese an Hingabe, denn aus diesem Stoff war Brillanz gemacht, aber Haß hatte dabei keinen Platz. Haß war ein destruktives Gefühl, das das Denkvermögen beeinträchtigte und das Auge trübte. Haß war wie eine Säure, die die Seele zerfraß. All dessen war sich Keith Briscoe wohl bewußt und doch empfand er noch etwas anderes. Sosehr er auch versuchte, diese Gedanken zu verdrängen, er wußte, daß er seine Frau haßte. Das war eine klare, kühle Überlegung.

Es handelte sich um einen Fall Sergeant Gonzales' . . . um einen Einbruch in Tateinheit mit Mord. Violet Hammerman, das Opfer, war achtunddreißig Jahre alt gewesen und hatte allein in einem Einzimmerapartment in North Curson gewohnt. Sie hatte von

Montag bis Freitag in einer kleinen Firma als Sekretärin gearbeitet, Samstag abends mit Freunden Bridge gespielt, Sonntag morgens im Frauenkomitee der Kirche ausgeholfen und war Sonntagnacht (oder besser gesagt Montag morgen, da das Verbrechen nach zwei Uhr morgens verübt worden war) durch eine Kugel gestorben, die der Mörder aus nächster Nähe auf sie abgefeuert hatte. Sergeant Gonzales war ein sehr gründlicher Beamter, und als Keith Briscoe den Tatort erreichte, nachdem er schnell wie die Feuerwehr auf die Durchsage im Polizeifunk reagiert hatte, den er mit seinem Kurzwellenempfänger abhörte, hatte der Sergeant all diese Dinge und noch einiges mehr festgestellt und wartete jetzt darauf, daß der Polizeifotograf seine Arbeit beendete, um die Tote ins Leichenschauhaus bringen zu lassen.
Violet Hammerman war keine besonders attraktive Frau gewesen. Eine Leiche ist allerdings selten ein schöner Anblick.
»Überzeugen Sie sich selbst«, empfahl Gonzales. »Es liegt alles klar auf der Hand. Kein Kampf, keine versuchte Körperverletzung, nicht mal ein zerwühltes Bett. Die Nachbarn haben einen Schrei gehört, und kurz darauf fiel der Schuß. Sie wäre besser nicht aufgewacht.«
Violet Hammerman schlief jetzt den ewigen Schlaf. Nichts konnte sie mehr stören. Briscoes Blick fiel auf die Kommode. Eine Schublade war halb geöffnet, und über den Rand baumelte verloren ein Nylonstrumpf. Briscoe strich geistesabwesend mit den Fingern darüber und steckte ihn in die Schublade zurück, ohne die Holzflächen zu berühren.
»Fingerabdrücke?« fragte er.

»Keine«, erwiderte Gonzales. »Der Mörder muß Handschuhe getragen haben. Allerdings hat er unter dem Fenster zwei Schuhabdrücke hinterlassen.«
Das kleine Schlafzimmer hatte nur ein Fenster. Die Wohnung lag im Erdgeschoß einer alten, umgebauten und in mehrere Apartments aufgeteilten Villa. Da das Haus einen Keller und einen dementsprechend hohen Mauersockel besaß, mußte sich Violet Hammerman bei geöffnetem Fenster und eingehängtem Fliegengitter in ihrem Schlafzimmer durchaus sicher gefühlt haben. Das allerdings war ein verhängnisvoller Fehler gewesen. Das Gitterfenster war bis zur Mitte des Fensterrahmens sorgfältig durchgetrennt und hing jetzt wie ein steifer Vorhang im Rahmen und ließ sich mit der Hand leicht nach außen drücken.
»Durch dieses Fenster ist er offensichtlich rein- und auch wieder rausgekommen«, bemerkte Briscoe.
»Richtig«, stimmte Gonzales zu. »Allerdings muß er die Wohnung geradezu fluchtartig verlassen haben. Meines Erachtens ist er mit einem Satz aus dem Fenster gesprungen und auf dem Asphaltweg gelandet. Die Spuren hat er beim Einstieg hinterlassen. Collins, leuchten Sie mal mit Ihrer Taschenlampe unter das Fenster.«
Collins war der Polizist in Uniform, der draußen neben dem Fenster stand und die wichtige Entdekkung bewachte. Er richtete den Strahl seiner Taschenlampe auf einen schmalen Beetstreifen zwischen dem Haus und der Auffahrt. Der kaum einen halben Meter breite Streifen war offenbar erst kürzlich geharkt und bepflanzt worden, so daß die Fußabdrücke in der weichen Erde deutlich sichtbar waren.

»Wir haben Glück«, erklärte Gonzales. »Der Hausbesitzer hat das Beet gestern vormittag frisch bepflanzt ... und zwar mit Petunien. Schade, einige Pflanzen werden jetzt nie zum Blühen kommen.«
Mehrere Petunienpflanzen waren niedergetrampelt, doch zwischen dem welken Grün waren zwei Schuhabdrücke eingebettet. Briscoe schob das Gitterfenster nach außen und starrte über den Fenstersims hinunter.
»Bis zum Boden sind es bestimmt zwei Meter«, bemerkte er.
»Genau einen Meter siebzig«, verbesserte Gonzales. »Die Schuhabdrücke sind allerdings nicht sehr tief.«
»Nein, das sind sie nicht ... Die Schuhe scheinen auch keine Absätze gehabt zu haben. Offensichtlich stammen die Abdrücke von flachen Schuhen mit ziemlich abgenützten Gummisohlen. Das Muster ist nur aus der Nähe schwach erkennbar. Aber Sie machen sich sicher wie immer Ihre eigenen Gedanken, Briscoe. Die Erde ist weich. Wir werden den Feuchtigkeitsgehalt des Bodens feststellen müssen, um ungefähr berechnen zu können, wie schwer die Person ist, die diese Fußabdrücke hinterlassen hat. Mein vorläufiger Eindruck ist, daß wir es mit einem großen, schlanken Jungen zu tun haben.«
»Mit einem Jugendlichen?« fragte Briscoe.
»Warum nicht? Gerade letzte Woche, als meine Frau von einem Einkaufsbummel zurückgekommen ist, habe ich zu ihr gesagt, daß es wirklich kein Wunder ist, daß so viele Kinder auf die schiefe Bahn geraten. Sie kommen nichtsahnend nach Hause und finden ihre Mutter in einem sackartigen Kleid vor, das unten zugebunden ist. Das muß doch jeden auf die Straße

treiben.«
Keith Briscoe zog seinen Kopf zurück und fuhr mit der Hand über die Schnittfläche im Gitterfenster. Es war eine saubere Arbeit, die man leicht mit einem scharfen Taschenmesser machen konnte. Gonzales' Verdacht mit dem jugendlichen Täter war gar nicht so abwegig.
»Sie reden wie ein echter Detektiv«, bemerkte er.
»Danke für die Blumen.« Gonzales grinste. »Vielleicht wird eines Tages doch noch mal ein erfolgreicher Reporter aus mir. Wer weiß.«
Der kurze Wortwechsel war ohne jeden Sarkasmus geführt worden. Gonzales und Briscoe waren langjährige Freunde, die sich mochten und respektierten. Gonzales war klug und hatte einen Blick fürs Detail. Außerdem besaß er Phantasie, und das brauchte man bei polizeilichen Ermittlungen wie der Maurer den Mörtel.
»Auf der Einfahrt, in der Nähe des Gehsteigs, haben wir eine Geldtasche aus schwarzem Filz gefunden«, fuhr Gonzales fort. »Bis auf etwas Kleingeld ist sie leer. Aber dafür haben wir das hier auf der Kommode entdeckt . . .«
Er gab Briscoe einen blauen Zettel. Es war der Beleg über einen Lohnscheck einer Firma. Nach den üblichen Abzügen hatte Violet Hammerman demnach siebenundsechzig Dollar und sechsundfünfzig Cent erhalten.
»Am Freitag war Zahltag«, sagte Gonzales. »Das weiß ich vom Hausbesitzer, der mehrmals auf die Miete warten mußte, weil Violet Hammerman freitags länger gearbeitet und daher keine Zeit gehabt hat, zur Bank zu gehen. Sie hat den Scheck dann offensicht-

lich im Supermarkt eingelöst, wo sie am Samstag Lebensmittel im Wert von vierzehn Dollar und zweiundachtzig Cents eingekauft hat.« Gonzales hielt Briscoe den langen Kassenbeleg des Supermarkts hin.

Briscoe gab Gonzales die blaue Scheckquittung zurück. Seine Miene drückte Zweifel aus. Es war halb drei. Gonzales arbeitete zwar schnell, doch die Supermärkte öffneten erst um neun Uhr vormittags. Gonzales schien Briscoes Gedanken bereits erraten zu haben.

»Natürlich sind das nur Spekulationen«, fuhr er hastig fort. »Aber so ganz aus der Luft gegriffen sind sie nicht. Siebenundsechzig Dollar und sechsundfünfzig Cent minus vierzehn Dollar und zweiundachtzig Cent ergeben sechsundvierzig Dollar und vierundsiebzig Cent. Wenn Violet Hammerman noch ein paar Kleinigkeiten gekauft und etwas Kleingeld in den Klingelbeutel beim Sonntagsgottesdient geworfen hat, dann muß ihr Mörder mit mindestens vierzig oder fünfundvierzig Dollar entkommen sein.«

»Eine karge Ausbeute für einen Mord«, bemerkte Briscoe.

»Eine sehr karge sogar. Es muß sich um einen ziemlich dummen, amateurhaften Killer handeln.« Gonzales betrachtete erneut den blauen Scheckquittungsstreifen, der allerdings inzwischen an einer Ecke einen roten Schmierfleck aufwies. »Was haben Sie gemacht? Haben Sie sich am Gitterfenster in die Hand geschnitten?«

Briscoe, der zuerst nicht begriff, wovon Gonzales redete, warf einen Blick auf seine Hand. Sie blutete.

»Gehen Sie lieber ins Badezimmer und sehen Sie

nach, ob Sie dort ein Wunddesinfektionsmittel finden können«, riet Gonzales ihm. »Von rostigem Draht können Sie sich eine Infektion holen.«
»Ach was! Das ist nur ein Kratzer«, wehrte Briscoe ab. »Zu Hause wasche ich die Wunde einfach unter dem Wasserhahn aus.«
»Sie werden die Wunde jetzt auswaschen«, sagte Gonzales streng. »Die Tür neben der Kommode führt ins Badezimmer.«
Gonzales entwickelte zeitweise die übertriebene Fürsorglichkeit einer alten Jungfer. Briscoe wußte, daß es klüger war, nachzugeben, als es auf eine Auseinandersetzung ankommen zu lassen. Der Polizeifotograf hatte inzwischen die Leiche fotografiert, und Briscoe zog die Decke über das Gesicht der Toten, als er auf dem Weg ins Badezimmer am Bett vorbeiging. Ein armseliger Tod und eine armselige Art und Weise, auf den Krankenwagen zu warten. Violet Hammerman hatte ein ärmliches, unauffälliges Leben geführt, aber falls es ihm gelang, Gonzales weiterhin zum Reden zu bringen, sollte sie wenigstens einen spektakulären Nachruf bekommen. Natürlich wäre Violet Hammerman mit dieser Art von Nachruf möglicherweise nicht einverstanden gewesen, doch durch ihren Tod war sie praktisch Eigentum der Öffentlichkeit geworden.
»Ein amateurhafter Mörder, der für geringe Summen tötet«, bemerkte Briscoe und hielt die Hand unter den Wasserhahn. »Trotzdem hat er Handschuhe und Schuhe mit Gummisohlen getragen und besaß eine Waffe.«
Gonzales, der im Türrahmen lehnte, schnappte nach dem Köder, den Briscoe ihm zugeworfen hatte.

»Eine Waffe, die er völlig überstürzt abgefeuert hat«, ergänzte Gonzales. »So sehe ich es wenigstens, Briscoe. Jedes Verbrechen hat eine Eigenart, wird nach einem bestimmten System begangen, das uns Hinweise auf die Schwächen des Täters gibt. Und daß er eine Schwäche haben muß, sagt uns schon die Tatsache, daß er ein Verbrecher ist. Es gehört Intelligenz, eine spezifische Intelligenz dazu, einen Einbruch zu planen, doch man braucht auch Nerven, um ihn erfolgreich auszuführen. Unser Mörder scheint keine guten Nerven zu haben. Eine Frau stößt im Bett einen einzigen Schrei aus, und schon drückt er aus nächster Nähe ab. Ein echter Profi würde für lausige vierzig Piepen niemals die Gaskammer riskieren. Benutzen Sie das kleine Handtuch lieber nicht. Rote Stoffarbe ist bei einer offenen Schnittwunde nicht gut.«
Selbst wenn er auf etwas ganz anderes konzentriert war, verlor Gonzales sein waches Auge für Kleinigkeiten nicht. Briscoe legte das Gästehandtuch in das Fach zurück. Es war ein lächerliches rotes Handtuch mit einem aufgestickten, schwarzen Pudel in einer Ecke. In Violet Hammermans bescheidenem Badezimmer wirkte es völlig fehl am Platz. Es war ein Wäschestück, wie Elaine es kaufen würde. Bei dem Gedanken an sie drehte er den Wasserhahn so heftig zu, daß die Leitungsrohre krachten.
»Ein Mörder, der schlechte Nerven hat, aber verzweifelt genug ist, einen Einbruch zu wagen«, resümierte Briscoe und versuchte krampfhaft, die Gedanken an Elaine zu verdrängen. »Er hat wegen vierzig Dollar einen Mord begangen«, fuhr er fort und wußte plötzlich, woran er sich bei Gonzales' Täterbeschreibung erinnert fühlte. Außerdem hatte er sich inzwischen

wieder so weit in der Hand, daß er Gonzales ansehen konnte, ohne befürchten zu müssen, daß ihm die Wut über Elaine noch ins Gesicht geschrieben stand. »Deutet eigentlich alles auf einen Drogensüchtigen hin«, vermutete er.
Gonzales nickte mit betrübter Miene. »Genau das habe ich mir auch gedacht. Eine beunruhigende Geschichte. Wieviel Träume kann man sich für die paar Kröten denn schon kaufen? Ich hoffe nicht, daß der Fall Violet Hammerman der Anfang einer Verbrechensserie wird.«
Gonzales war unter vielem anderen auch Pessimist. Und Keith Briscoe konnte ihn nicht aufheitern. Er hatte selbst genug Probleme.

Der Gerichtssaal von Richter Kermit Lacy hatte sich in den vergangenen vier Jahren nicht verändert. Die amerikanische Flagge stand am selben Platz, die Holzmöbel waren ungepflegt wie immer und die Stühle noch genauso hart. Falls die Fenster in der Zwischenzeit geputzt worden waren, war davon längst nichts mehr zu merken. Wenn Staatsanwälte und Anwälte über Fälle stritten, bei denen es um Leben und Tod ging, konnten Gerichtssäle zu interessanten Arenen werden. Doch an einem Gerichtssaal, wo eine müde Liebe starb, oder zum Zweck einer verspäteten Obduktion exhumiert wurde, war nichts Aufregendes.
Man sollte Tote ruhen lassen. Dieser Gedanke beschäftigte Keith Briscoe, als er Faye vor dem Richtertisch sitzen sah. Faye hatte sich in den vergangenen vier Jahren verändert. Sie sah jünger und doch reifer und würdevoller aus. Der Hut, den sie zu ihrem

Kostüm aus weichem grauen Stoff trug, wirkte an ihr durchaus nicht lächerlich. Aber das war das Problem mit Faye. An ihr hatte noch nie etwas lächerlich gewirkt. Sie verbreitete stets die Aura von Bostoner Vornehmheit um sich. In diesem Augenblick hob sie den Kopf und sah ihn. Als sich ihre Blicke trafen, schien für den Bruchteil einer Sekunde die Zeit stillzustehen. Ein vager Schatten glitt über ihre Augen, und dann lächelte sie. Keith ging zum Richtertisch. Er wußte nicht recht, wie er sich verhalten sollte. War es üblich, daß man einer Exehefrau wie einem Tennispartner nach dem Spiel die Hand schüttelte? Er tat es jedenfalls nicht.
»Du siehst gut aus, Faye«, begrüßte er sie. »Sehr gut sogar.«
Die Worte klangen so unbeholfen wie bei einem Ausländer.
»Danke«, antwortete Faye. »Du siehst auch gut aus, Keith. Außerdem hast du abgenommen.«
›Das macht die fehlende Hausmannskost‹, lag es Keith auf der Zunge, doch er schwieg. Außerdem sah er ganz und gar nicht gut aus. Und daran war nicht nur die Tatsache schuld, daß er sich von seinem Jammertal der Ängste auf die Hintergründe des gewaltsamen Todes einer gewissen Violet Hammerman gestürzt und sich deshalb die halbe Nacht um die Ohren geschlagen hatte. Er trug den erschöpften Ausdruck eines Mannes zur Schau, der langsam aber sicher auf den Zustand anhaltender Katerstimmung zusteuerte.
»Ich habe viel zu tun«, antwortete er schließlich.
»Wie geht es Elaine?«
Diese Frage hatte unweigerlich kommen müssen,

und Keith versuchte vergeblich eine Gefühlsregung in Fayes Worten zu entdecken, aber es gab keine. Elaine war das Messer, das sie einst getrennt hatte, doch die Zeit heilte alle Wunden.

»Elaine geht es gut«, erwiderte er. Dann hatte er die Ausflüchte satt. »Faye . . .«, begann er, doch in diesem Moment betrat der Gerichtsdiener den Gerichtssaal. Der Richter würde ihm in wenigen Minuten folgen, und dann blieb zum Reden keine Zeit mehr.

». . . es wäre mir lieber, du würdest dir die Sache noch mal überlegen. So wie sie jetzt ist, ist unsere Abmachung doch in Ordnung. Wenn du mit den Jungen in den Osten ziehst, werde ich sie kaum noch sehen können.«

»Das stimmt doch nicht«, wehrte Faye ab. »Sie können dich in den Ferien besuchen.«

»Die Ferien! Was sind schon wenige Wochen in einem Jahr? Das ist etwas anderes als jedes Wochenende.«

»Jedes Wochenende, Keith?« Fayes Stimme klang sanft, doch ihr Blick wurde starr. Fayes Augen blickten nicht immer so starr. »Du hast vier Jahre lang Gelegenheit gehabt, die Jungen jedes Wochenende zu besuchen. Und wie oft hast du davon Gebrauch gemacht?«

»Sooft es mir möglich gewesen ist! Du weißt, was für einen Beruf ich habe!«

Faye wußte es. In ihrem flüchtigen Lächeln lag eine Spur von Bedauern. Jetzt, da er sie zum ersten Mal aufmerksamer betrachtete, entdeckte er eine Spur von Trauer in ihren Zügen. Faye war einsam. Sie mußte einsam sein. Schließlich zog sie zwei Söhne allein und nur mit Hilfe der Unterhaltszahlungen auf.

Jetzt hatte sie beim Gericht beantragt, die Jungen mit in den Osten nehmen zu dürfen . . . angeblich, um sie auf eine Privatschule schicken zu können; doch Keith Briscoe wurde plötzlich der wahre Grund für dieses Manöver klar.

Dort im Osten gab es alte Freunde . . . vielleicht sogar eine ehemalige Liebe, die die Erinnerungen auslöschen konnte.

Keith fühlte einen Stich in der Herzgegend, dessen Ursache er nicht begriff.

»Ich werde gegen deinen Antrag Einspruch erheben, Faye«, erklärte er. »Tut mir leid, aber ich bin entschlossen, alles zu tun, um zu verhindern, daß du damit durchkommst.«

Es war fast acht Uhr, als Keith an diesem Abend in seine Wohnung zurückkehrte. An der Tür begrüßte ihn lediglich Elaines Dackel Gus, der ihn wie üblich anknurrte und ein paarmal nach seinen Knöcheln schnappte, während er durch das dunkle Wohnzimmer auf den hellen Lichtstreifen am anderen Ende des Korridors zuging. Im Türrahmen von Elaines Schlafzimmer blieb er stehen und horchte auf die Musik der Schallplatte, die sich auf dem Plattenspieler neben Elaines Bett drehte. Es war lateinamerikanische Musik mit einem langsamen, aufreizenden Rhythmus. Er hörte aufmerksam zu, bis Elaine in einem französischen Fummel mit ähnlich aufreizender Wirkung wie die Musik aus dem Badezimmer kam. Keith verstand nicht viel von Mode, doch ihm war auf den ersten Blick klar, daß Elaines Kleid kaum für einen gemütlichen Abend zu Hause gedacht war. Außerdem sah es teuer aus. Wie teuer es gewesen war,

würde er am Monatsersten erfahren.
Elaine hob den Kopf und sah ihn.
»Oh!« entfuhr es ihr. »Ich habe dich gar nicht kommen gehört.«
Keith antwortete nicht sofort. Er lehnte nur im Türrahmen und sah sie an ... innen und außen, den ganzen Menschen. Das Äußere war noch immer attraktiv. Er spürte auch auf diese Distanz den verführerischen Reiz ihres Körpers.
»Hast du mich denn je gehört?« fragte er.
Elaine wandte sich ab, nahm einen Ohrklip vom Toilettentisch und hob die Arme, um ihn am Ohr zu befestigen.
»Gehst du aus?« erkundigte er sich.
»Thelma feiert Geburtstag«, antwortete sie.
»Das hat sie doch angeblich schon letzte Woche getan.«
Bei dieser Bemerkung drehte sie sich zu ihm um.
»Also gut!« begann sie. »Was willst du? Sind's wieder mal zu viele Martinis?«
»Ich bin über achtzehn. Mach dir um mich keine Sorgen«, entgegnete er. Dann ging er auf sie zu. Sie sah nicht nur großartig aus, sie duftete auch gut. »Ich dachte lediglich, du hast vielleicht mal Lust, einen Abend zu Hause zu verbringen.«
»Aber warum denn? Um allein im Dunkeln zu sitzen und mir Wyatt Earp im Fernsehen anzusehen? In dieser miesen Wohnung ...«
»Diese miese Wohnung kostet mich monatlich hundertfünfundsiebzig Dollar«, fiel Keith ihr ins Wort. »Und angesichts einiger anderer Ausgaben, für die ich aufkommen muß, ist es kein Wunder, daß ich auch einen Teil meiner Freizeit meinem Beruf opfere.

Ich brauche schließlich den Erfolg. Wenn ich das alles nicht täte, hättest du kaum die Mittel, um bei Thelmas Geburtstagsfeier so aufreizend auszusehen.«
Elaine nahm den zweiten Ohrklip und befestigte ihn am Ohrläppchen, als hätte sie ihm und seinen Vorwürfen überhaupt nicht zugehört. Im Spiegel sah er, wie ein Ausdruck primitiver Schläue in ihr Gesicht trat. Als sie sich umdrehte, starrte sie ihn mit wissenden Augen an.
»Wie ist es vor Gericht für dich ausgegangen?« fragte sie.
»Wir haben erreicht, daß die Entscheidung vorerst vertagt wurde«, erwiderte Keith.
»Vertagt? Warum denn das? Damit du noch ein bißchen länger leiden kannst?«
»Ich will meine Söhne . . .«
»Du willst Faye. Warum gibst du das nicht ehrlich zu? Du hast immer nur Faye gewollt. Mich hast du nur geheiratet, weil du nicht beides haben konntest. Das ist deine große Schwäche, Keith. Du willst alles und kannst auf nichts verzichten.«
»Ich will die Scheidung!« erklärte er.
Er hatte das eigentlich nicht sagen wollen . . . wenigstens nicht zu diesem Zeitpunkt und auf diese Weise. Doch als die Worte einmal ausgesprochen waren, konnte er nichts mehr dagegen tun. Sie standen wie eine Mauer zwischen ihnen. Und dann schlug Elaine die Tür zu.
»Du . . .«, begann sie. »Du kannst mich mal.«

Das war die Nacht, in der Keith Briscoe endgültig aus der gemeinsamen Wohnung auszog. Er hatte seit Wochen schon die Nächte meistens in einem

möblierten Zimmer verbracht, zu dem ein Badezimmer, eine Heizplatte zum Kaffee kochen und ein Schreibtisch für seine Schreibmaschine gehörte. Auf dem kleinen Tisch neben dem Bett stand der Kurzwellensender. Das Klappern der Schreibmaschine hatte Elaine nachts gestört, und ausgerechnet um diese Zeit erledigte Keith den Großteil seiner Arbeit. Er konnte sich zusätzlich Geld damit verdienen, daß er Verbrechen aus Polizeiakten zu Geschichten für Kriminalmagazine verarbeitete. Und ein Nebenverdienst war wichtig, wenn man zwei heranwachsende Söhne hatte, die eine anständige Schule besuchen sollten.
Aber in jener Nacht, als er endgültig in diese möblierte Wohnung zog, arbeitete Keith nicht. Er saß nur an seinem Schreibtisch, starrte auf den Kalender und versuchte mit sich ins reine zu kommen. Der Gerichtsentscheid war für eine Woche vertagt worden. Er hatte also eine Woche Zeit, bevor er wieder Richter Lacys Gerichtssaal betreten und Elaine dort ruhig, stolz und einsam würde sitzen sehen. Elaine war dumm, doch selbst die Dümmsten erschienen schlau, wenn die Zeit für sie arbeitete. Er wollte Faye ... Faye, die Jungen, alles, was er einmal weggeworfen hatte. Elaine war ein Alptraum. Elaine war ein Gefühlssturm, in dem er verloren gewesen war. Und jetzt war der Sturm zu Ende, und er versuchte durch den Schutt zu seinem früheren Leben zurückzufinden. Doch eine Woche war nicht viel Zeit. Vielleicht fand sein Anwalt eine weitere Gesetzeslücke, um erneut einen Aufschub zu erwirken. Es waren schließlich nur sechs Tage bis Montag ...

Samstagnacht, um halb eins weckte ihn wieder einmal sein Kurzwellenempfänger.
Dorothy McGannon hatte selbst im Tod noch ein fröhliches Gesicht. Zu Lebzeiten mußte sie viel und gern gelacht haben; und nachdem der Moment des Grauens vorüber gewesen war, hatten sich die Gesichtsmuskeln offenbar entspannt und zu ihrem gewohnten Ausdruck zurückgefunden. Wäre der dunkle Fleck nicht gewesen, der langsam die Decke durchtränkte, hätte man glauben können, sie schlafe nur und habe einen glücklichen Traum.
Die Tote war mit Sergeant Gonzales allein im Raum. Allein, wie die unverheiratete Frau Ende Zwanzig auch in ihrer kleinen Wohnung gelebt hatte, die aus einem Wohnzimmer, Küche und Schlafzimmer bestand und im ersten Stock auf der Rückseite eines Apartmentgebäudes lag, in dem acht Parteien wohnten. Der Treppenabsatz des Hintereingangs endete gut einen halben Meter vor dem Fenster, dessen Gittervorsatz an drei Seiten durchgeschnitten war und in unnatürlichem Winkel ins Freie stand. Es gehörte einige Geschicklichkeit dazu, auf dem Mauersims zu balancieren und das Gitterfenster durchzuschneiden, und es mußte noch schwieriger gewesen sein, sich aus dem Fenster und auf das Treppengeländer zu schwingen, nachdem der tödliche Schuß gefallen war.
»Unser Freund wird immer waghalsiger«, überlegte Gonzales. »Sein Finger am Abzug reagiert noch sehr nervös, aber er ist risikofreudig.«
»Glauben Sie denn, es handelt sich um denselben Täter wie vergangene Woche bei Violet Hammerman?« fragte Keith.

Bis zu diesem Zeitpunkt hatte niemand Violet Hammerman erwähnt. Sie hatte letzte Woche Schlagzeilen gemacht und war dann, abgesehen von den nächsten Verwandten, von allen vergessen worden. Das zerschnittene Fliegengitter und die schnelle Tötungsart waren allerdings etwas, das ihnen bekannt vorkam. Und Gonzales, der Systematiker, fühlte sich bereits in seinem Element.

»Violet Hammerman ist laut Obduktionsbericht durch eine Kugel aus einem fünfundvierziger Revolver gestorben«, erwiderte Gonzales. »Sobald wir wissen, woran diese Frau hier gestorben ist, bekommen Sie eine definitive Antwort von mir. Dummerweise gibt es auf dem Treppenabsatz diesmal keine weiche Erde und somit keine Fußspuren. Aber die Einbruchsmethode ist dieselbe. Der Täter schneidet diese Gitterfenster auf eine ungewöhnliche Art durch. Es ist eine langwierige Angelegenheit.«

»Schon, aber bei dieser Methode sichert er sich einen schnellen Fluchtweg«, bemerkte Keith.

»Stimmt«, gab Gonzales zu. »Und unser Freund scheint's zum Schluß immer verdammt eilig zu haben.« Gonzales wandte sich stirnrunzelnd wieder dem Bett zu. »Ich frage mich allerdings, ob er diese Frauen aus purem Vergnügen umbringt«, überlegte er. »Heute nacht hat zum Beispiel niemand einen Schrei gehört. Trotzdem . . . bei dem Lärm von fünf eingeschalteten Fernsehapparaten von insgesamt acht Geräten ist es ein Wunder, daß die Leute überhaupt was gehört haben.«

»Hat er bekommen, weswegen er gekommen war?« fragte Keith.

Noch immer stirnrunzelnd wandte Gonzales sich um

und sah Keith an. Dann nickte er und machte Keith ein Zeichen. »Folgen Sie mir«, forderte er ihn auf. Sie gingen durch das kleine Schlafzimmer ins Wohnzimmer, bogen nach rechts ab und betraten die Kochnische, die mit dem Schlafzimmer eine gemeinsame Wand hatte und der Wohnzimmertür gegenüber lag. An der Rückwand der Kochnische stand ein Einbauschrank, und eine Tür war offen. Auf der Spüle lag umgekippt eine Zuckerbüchse, die weder Zucker noch irgend etwas anderes enthielt.

»Was halten Sie davon?« erkundigte sich Gonzales.

»Es sieht ganz so aus, als habe Dorothy McGannon ihr Geld in der Zuckerbüchse aufbewahrt«, antwortete Keith prompt.

»Genau. Sie hat als Sekretärin in einem Anwaltsbüro gearbeitet. Am Freitag hat sie ihr Gehalt bekommen und dem Verwalter des Apartmenthauses Freitagabend zehn Dollar zurückbezahlt, die sie sich Anfang der Woche von ihm geliehen hatte. Bei dieser Gelegenheit hat der Mann ein Bündel Geldscheine . . . er schätzte den Inhalt auf fünfzig oder sechzig Dollar . . . gesehen. Wir haben die Geldbörse in einer Kommodenschublade im Schlafzimmer gefunden . . . sie enthielt lediglich fünf Dollar und etwas Kleingeld.«

»Die hat der Mörder offensichtlich übersehen.«

»Der Mörder hat nicht mal danach gesucht. Die Schublade klemmt . . . und macht einen Krach, der Tote aufwecken könnte. Es ist ganz offensichtlich, daß er sich mit dieser Schublade erst gar nicht abgemüht hat. Und wenn man bedenkt, was er vergangene Woche alles auf sich genommen hat, dann ist das ein interessanter Punkt. Er muß diesmal geradewegs in die Küche gegangen sein, den Schrank geöff-

net und sich das Geld geholt haben.«
Keith wurde klar, was Gonzales nachdenkliche Miene bedeutete. All das waren Bausteine an seiner Theorie über den Täter.
»Vielleicht ist unser Freund ein Bekannter von Miss McGannon gewesen«, sagte Keith. »Jemand, der schon mal in ihrer Wohnung gewesen ist und wußte, wo sie ihr Geld aufbewahrte. Vielleicht war's auch ihr Liebhaber. Sie war schließlich ledig.«
»Ja, genau wie Violet Hammerman«, überlegte Gonzales. »Aber ein Liebhaber kommt nicht in Frage. Diesen Punkt haben wir schon mit dem Hausverwalter geklärt. Sie hatte keinen festen Freund. Aber Sie haben recht. Beide Frauen waren ledig und wurden an einem Sonntagabend ermordet. Es paßt alles zusammen: Zwei Morde ... und die Opfer sind jeweils alleinstehende Frauen, die am Wochenende nach dem Zahltag erschossen werden. Wetten Sie mit mir, daß die Kugel, die man in der Leiche finden wird, aus einem fünfundvierziger Revolver stammt?«
»Ich wette nicht«, wehrte Keith ab. »Aber was ist mit den Lebensmitteln?«
»Mit Lebensmitteln? Was für Lebensmittel?«
»Hatte Miss McGannon frische Lebensmittel zu Hause? Soviel ich mich erinnere, hatte Violet Hammerman gerade ihren Vorrat im Wert von vierzehn Dollar aufgefrischt.«
Gonzales musterte ihn interessiert. Er drehte sich um. Die Wohnzimmertür war von der Küche aus gut zu sehen.
»Sehr scharfsinnig, Briscoe«, bemerkte Gonzales. »Sie denken natürlich an einen Laufburschen ... aber warten Sie. Violet Hammerman hat ihre Ein-

käufe schon im Supermarkt bezahlt. Trotzdem ist die Idee nicht abwegig. Ein großer . . . hagerer Laufbursche. Die Leute im Labor schätzen das Gewicht des Täters auf knapp siebzig Kilo. Jedenfalls ist es eine Spur, der nachzugehen sich lohnen dürfte. Die Vorstellung, daß jetzt jedes Wochenende mit schöner Regelmäßigkeit ein Mord passieren kann, gefällt mir überhaupt nicht.«

Dorothy McGannon tat Keith einen großen Gefallen, als sie sich gerade zu diesem Zeitpunkt ermorden ließ. Ihr Fall bot Keith einen triftigen Grund, der neu angesetzten Gerichtsverhandlung fernzubleiben, bis ein weiterer Aufschub beschlossen war. Das bedeutete für Keith eine zusätzliche Woche, in der er versuchen konnte, an Faye heranzukommen. Er fing sie an der Treppe vor dem Gerichtsgebäude ab. Sie war ärgerlich, weil er nicht erschienen war. Offensichtlich glaubte sie, er habe das absichtlich so arrangiert, und Keith war nicht sicher, daß sie damit nicht doch recht hatte.
»Können wir nicht irgendwo zusammen was trinken? Dann werde ich dir alles erklären«, schlug er vor.
»Tut mir leid, Keith, aber ich habe schon genug Zeit vergeudet.«
»Aber ich war wirklich verhindert. Es handelte sich um einen wichtigen Fall. Hier . . . sieh mal!«
Er schlug die neueste Ausgabe der Zeitung auf und gab sie ihr. Sie zögerte.
»Nur ein Drink, damit ich weiß, daß du mir nicht böse bist«, drängte Keith.
Schließlich gab Faye nach. Und obwohl sie es nur widerwillig tat, betrachtete Keith es als ersten Sieg. Er

fuhr mit ihr zu einer kleinen Bar in der Nähe der Redaktion, wo sie sich früher, als ihre Ehe noch jung und die Welt noch in Ordnung gewesen war, oft getroffen hatten. Faye war von jeher ein bißchen sentimental gewesen. Keith führte sie in ihre Nische von einst und bestellte einen Scotch mit Eis und eine Pink Lady, um zu zeigen, daß er nichts vergessen hatte.

»Für mich lieber einen Wodka-Martini«, verbesserte Faye.

»Du hast deine Trinkgewohnheiten geändert«, bemerkte Keith.

»Ich habe viel geändert«, entgegnete Faye.

Damit hatte sie recht. Jetzt, da sie allein miteinander waren, war es nicht zu übersehen. Es würde für ihn nicht leicht werden. Faye nahm eine Zigarette aus der Packung. Er kramte in seiner Tasche nach einem Feuerzeug und sah dann prüfend in ihre Augen, die groß und schön über der Flamme glänzten.

»Ich habe mich ebenfalls verändert«, sagte er. »Ich arbeite jetzt nachts, Faye. Ich bin wirklich fleißig geworden. Nebenher versuche ich mich als Schriftsteller . . . vielleicht wage ich mich doch noch an den Roman, von dem ich immer gesprochen habe.«

»Das freut mich«, erwiderte Faye. Sie machte eine Pause. »Was sagt Elaine dazu?«

Keith ließ das Feuerzeug zuschnappen und drehte es in der Hand.

»Elaine und ich leben nicht mehr zusammen«, erklärte er. »Ich bin letzte Woche ausgezogen.«

Keith wartete auf eine Reaktion, doch Faye verstand es ausgezeichnet, ihre Gefühle zu verbergen. Sie war sozusagen ein Eisberg . . . neun Zehntel ihres

Wesens lagen unter der Oberfläche. Wäre ihm das vier Jahre früher klar gewesen, müßte er ihr jetzt nicht wie ein Schüler gegenübersitzen, der ängstlich auf die Beurteilung seiner schriftlichen Arbeit wartete.
»Das tut mir leid, Keith«, bemerkte sie schließlich.
»Mir nicht. Das ist längst fällig gewesen. Diese Affäre war von Anfang an ein verhängnisvoller Fehler. Ich weiß selbst nicht, wie ich so blind sein konnte.«
Sie saßen bei einem gemeinsamen Drink und er wagte nicht, mehr zu sagen, sie nicht weiter zu bedrängen. Hätte er es getan, hätte Faye augenblicklich das Weite gesucht. Aber wenigstens hatte er die wichtigen Dinge gesagt. Sie hatte jetzt eine weitere Woche Zeit, darüber nachzudenken.
Erst nach seiner Rückkehr in die kleine möblierte Wohnung kam Keith der Gedanke, daß er einen Narren aus sich machte. Er versuchte Faye zurückzugewinnen, obwohl er nicht einmal wußte, wie er Elaine loswerden sollte. Schließlich verdrängte er diese Gedanken, setzte sich an seinen Schreibtisch und konzentrierte sich auf Sergeant Gonzales' Problem. Der Fall faszinierte ihn. Was für ein Mensch war der Mörder, der auf diese Art tötete? Natürlich mußte es sich um einen halbverrückten Drogensüchtigen handeln. Und trotzdem besaß dieser Junge noch genügend Instinkt und Gerissenheit, um einen bestimmten Operationsplan auszuarbeiten. Jetzt erst begriff Keith, warum sich Gonzales so intensiv mit der Methodik des Verbrechers befaßte. Wenn es ihnen gelang, die Denkweise des Täters zu ergründen ... Offensichtlich war er bereits vor dem Verbrechen in Dorothy McGannons Apartment gewesen. Und heutzutage gab es nur sehr wenige Leute,

die ihr Geld noch in Zuckerbüchsen aufbewahrten. Elaine zum Beispiel hatte ihr Geld überall herumliegen. Allein im Schlafzimmer lagen ein halbes Dutzend Geldbörsen. Der ›Katzen-Killer‹ wie Keith ihn in seiner letzten Glosse getauft hatte, würde bei einem Einbruch bei Elaine ein wahres Freudenfest erleben.

Aber woher hatte er seine Informationen? Keith' Gedanken kreisten erneut um Elaine. Er vermochte sie einfach nicht aus seinem Bewußtsein zu verdrängen. Sie war allein in ihrem Apartment. Was machte sie dort den ganzen Tag? Er wußte, daß sie nie einkaufen ging, sondern die Lebensmittel telefonisch bestellte. Allerdings bezahlte sie nie in bar. Der Laufbursche bekam lediglich ein Trinkgeld. Die Rechnung wurde dann mit vielen anderen zum Ersten jeden Monats ins Haus geschickt. Auch die Sachen aus der Reinigung und die Spirituosen wurden auf diese Weise geliefert. Gab es vielleicht noch etwas? Und dann erinnerte sich Keith plötzlich, daß Elaine zu Anfang ihrer Ehe, als sie ihr Vergnügen noch nicht außerhalb des Apartments gesucht hatte, ein gefundenes Fressen für Vertreter und Hausierer gewesen war, die mit unnützem Zeug und Kleinkram handelten.

Kleinkram, überlegte Keith. Es mußte ein leicht verkäuflicher Artikel sein. Dem Mörder war nicht geholfen, wenn man ihm die Tür vor der Nase zuknallte. Er brauchte wenigstens einige Minuten, um seine Möglichkeiten und Chancen abzuschätzen und zu beobachten, woher die Personen das Geld holten, und um sich zu überzeugen, daß die betreffende Frau allein lebte. Vielleicht arbeitete er mit einem Trick, mit der

›Ich brauche nur noch hundert Punkte‹-Methode. Allerdings gab es noch andere Möglichkeiten, legitime Kundenfängerei mit von Blinden, Körper- oder Geistigbehinderten hergestellten Artikeln, die eine Frau kaufte, obwohl sie sie nicht brauchte.
Am nächsten Tag legte Keith Gonzales seine Idee dar. Gemeinsam fuhren sie zu Dorothy McGannons Wohnung und durchsuchten sämtliche Küchenschubladen und überprüften alle üblichen Küchenutensilien vom Büchsenöffner bis zum Schneebesen. Keines der Geräte war jedoch neu. Gonzales nahm sich schließlich den Besenschrank vor.
»Manchmal handeln Hausierer auch mit Kosmetikartikeln«, überlegte Keith. »Ich sehe mich mal im Badezimmer um.«
Keith ging durch das kleine Schlafzimmer in das winzige Badezimmer, in dem es nur eine schmale Duschkabine und ein eingebautes Waschbecken gab. Er zog die oberste Schublade des Waschbeckenschranks auf und rief Gonzales. Als Gonzales kam, hielt Keith ein kleines Gästehandtuch in der Hand. Diesmal war es grün, doch der aufgestickte Pudel in der unteren Ecke war wiederum schwarz. »Kommt Ihnen der nicht bekannt vor?«
Und Gonzales erinnerte sich sofort, da man seiner Ansicht nach rote Handtücher nicht mit einer offenen Schnittwunde in Berührung bringen durfte.
Daraufhin befragten sie alle Bewohner des Apartmenthauses, die sie antrafen, fuhren dann zu Violet Hammermans Adresse und wiederholten diese Prozedur. Dabei kam heraus, daß in beiden Fällen am Samstag vor der Tat mindestens ein Hausbewohner einen Hausierer mit einem Korb am Arm ins Haus

hatte gehen gesehen. Eine Nachbarin von Violet Hammerman, eine alte Dame, die mit ihrem Mann, einem Rentner, im Haus wohnte, hatte den Hausierer in der Auffahrt sogar angesprochen und sich mit ihm unterhalten.

»Er hat kleine Handtücher und andere Wäsche verkauft«, berichtete sie. »Es waren wirklich hübsche Stücke . . . und billig.« Sie konnte auch eine Personenbeschreibung geben. Demnach hatte es sich um einen sehr jungen, schlaksigen Mann gehandelt. »Besonders geschäftstüchtig war er allerdings nicht«, fügte die alte Dame hinzu. »Er schien gar nicht daran interessiert, mehr zu verkaufen. Ich mußte ihn aufhalten . . . sonst wäre er an meiner Tür glatt vorbeigegangen.«

Offensichtlich war er an allen Türen vorbeigegangen . . . mit Ausnahme von zweien, der von Violet Hammerman und Dorothy McGannons. Die Erklärung dafür bekamen sie, als sie sich die Briefkästen der beiden Apartmenthäuser ansahen. Alle anderen Wohnungen der beiden Wohnkomplexe wurden von zwei oder mehreren Personen bewohnt. Der ›Katzen-Killer‹ konzentrierte sich auf alleinstehende Frauen.

»Das ist ja großartig«, sagte Gonzales. »In dieser Gegend haben wir es mit dem höchsten Prozentsatz an ledigen Einwohnern in der gesamten Stadt zu tun. Wir müssen also nur jede alleinstehende Frau ausfindig machen und sie davor warnen, Gästehandtücher von einem Hausierer zu kaufen.«

»Brauchen Hausierer keinen Gewerbeschein?« fragte Keith.

»Registrierte Hausierer brauchen einen Gewerbeschein«, entgegnete Gonzales. »Aber da ist noch etwas. Waren wie diese haben meistens eine Herstellungsnummer. Wenn Sie sich also ein paar Tage für diesen Fall zur Verfügung halten, bekommen Sie vielleicht eine Exklusiv-Story. In der Zwischenzeit durchkämmen wir das Viertel nach einem großen, schlaksigen Hausierer mit einem Wäschekorb.«

»Mit oder ohne Wäschekorb«, verbesserte Keith. »Ich glaube nicht, daß unser Freund diese Häuser aufs Geratewohl betreten hat. Sicher hat er sich seine Opfer schon Tage vor dem Testbesuch am Samstag ausgesucht. Er hat sie bestimmt beobachtet, die Lage der Wohnung ausgekundschaftet und alles sorgfältig geplant. Vermutlich ist er gerade jetzt wieder unterwegs, um sich das Opfer für kommenden Sonntag auszuwählen. Der Mann macht Schlagzeilen, Gonzales. Jeder hat ein Ego, das er befriedigen möchte.«

Gonzales widersprach nicht.

»Sie haben sich über diesen Fall wirklich den Kopf zerbrochen«, bemerkte er.

»Ja, das habe ich«, antwortete Keith.

Und dabei sollte es nicht bleiben.

Keith ging einkaufen. Er verabschiedete sich von Gonzales und betrat eines der großen Kaufhäuser. Dort suchte er die Wäscheabteilung auf, wanderte an den Regalen vorbei, mied Verkäuferinnen und hatte schließlich gefunden, wonach er suchte: Gästehandtücher in verschiedenen Farben mit aufgestickten schwarzen Pudeln in der unteren Ecke.

»Kann ich was für Sie tun, Sir?«

Die Stimme hinter ihm riß ihn aus seinen Gedanken.

»Nein, danke«, wehrte er ab. »Ich wollte mich nur mal umsehen.«

Dann ging er schnell hinaus. Er grübelte zuviel. Er

brauchte frische Luft.

An diesem Abend besuchte er Elaine. Er hatte noch immer seinen Schlüssel und konnte die Wohnung betreten, wann er wollte. An der Tür begrüßte ihn nicht einmal Gus.

»Er ist in der Tierklinik«, erklärte Elaine. »Er hat eine Erkältung.«

Sie saß lässig in die Kissen gelehnt im Bett und lackierte ihre Fingernägel. Beim Reden sah sie ihn kaum an.

»Ich dachte, du würdest nicht mehr zurückkommen«, bemerkte sie.

»Ich komme auch nicht zurück«, antwortete er. »Ich wollte nur einiges mit dir besprechen.«

»Besprechen? Was gibt's denn da zu besprechen?«

»Die Scheidung.«

Die Hand mit dem Nagellackpinsel verharrte einen Augenblick untätig in der Luft.

»Das Thema dürfte seit letzter Woche erledigt sein«, entgegnete Elaine.

Keith wartete einige Sekunden, doch sie zeigte noch immer kein Interesse an seiner Gegenwart. Er kam sich wie ein Möbelstück vor, das sie beschlossen hatte, zum Sperrmüll zu geben. Schließlich ging er am Bett vorbei und zum Fenster. Der Teppich in Elaines Schlafzimmer war so dick, daß seine Schritte nicht zu hören waren. Er zog die Vorhänge vor dem Fenster zurück. Das Fenster lag im ersten Stock und die Flügel waren nach außen geöffnet, um frische Luft hereinzulassen. Direkt unter dem Fenster schien das Mondlicht auf das Flachdach des langgestreckten Garagentrakts und fing sich im sanft geschwungenen Gelän-

der der Feuerleiter, die an seiner Seite entlangführte. Der Fenstersims lag knapp eineinhalb Meter über dem Flachdach.
»Du solltest dieses Fenster lieber geschlossen lassen«, riet Keith. »Das könnte sonst gefährlich werden.«
Der abrupte Themawechsel ließ sie von ihren Nägeln aufsehen.
»Wie meinst du das?«
»Liest du keine Zeitung?«
»Ach so, das meinst du!«
»Du brauchst gar nicht so abfällig zu tun. Zwei Frauen wurden bereits ermordet.«
Sie starrte ihn an, weil ihr langsam zu dämmern begann, daß er nicht nur Konversation machte.
»Es hat keinen Sinn, sich in Wunschträume hineinzusteigern, Keith«, sagte sie. »Aus deinen Augen spricht der nackte Haß!«
»Red' keinen Unsinn, Elaine!«
»Das ist kein Unsinn . . . Ich lasse mich nicht einschüchtern und mich dazu bringen, dich freizugeben. Wofür hältst du mich eigentlich, Keith? Für eine Ersatzehefrau, die man nach Belieben ausnützt, bis man sich entschließt, wieder zum heimischen Herd und den Pantoffeln zurückzukehren? Das, mein Lieber, bin ich bestimmt nicht. Ich habe dir schon mal gesagt, daß du nicht alles haben kannst. Du hast mich verlassen . . . Ich habe dir nicht den Stuhl vor die Tür gesetzt. Versuche ruhig auf dieser Basis eine Scheidung zu erreichen. Du wirst schon sehen, was dich das kostet!«

Zwei Tage später rief Sergeant Gonzales bei Keith an und bat ihn, zu ihm zu kommen. Es hatte sich im Fall des Frauenmörders etwas Neues ergeben, von dem man noch nicht recht wußte, was es bedeutete. Eine Frau aus West-Hollywood hatte der Polizei gemeldet, daß sie einen Herumtreiber vor ihrem Schlafzimmerfenster beobachtet hatte. Und Schlafzimmerfenster waren zu diesem Zeitpunkt bei Gonzales ein Reizthema. Als er dann noch erfuhr, daß diese Frau allein lebte, die Woche über bis Freitag berufstätig war und die Wochenenden zu Hause verbrachte, wurde diese Routineangelegenheit plötzlich so wichtig, daß Gonzales beschloß, persönlich mit der Informantin zu sprechen. Wie versprochen informierte er Keith, der sofort zu Gonzales fuhr.

Nettie Swanson war eine untersetzte Frau mittleren Alters, die sehr genaue Vorstellungen darüber besaß, wie sich ihre Mitmenschen zu verhalten hatten.

»Ich kann Schnüffeleien nicht leiden«, erklärte sie. »Wenn jemand unbedingt wissen will, wie ich lebe, dann soll er gefälligst zur Wohnungstür reinkommen und mich fragen. Heimlichkeiten sind mir ein Greuel. Aus diesem Grund habe ich auch die Polizei benachrichtigt, als dieser Bursche im Dunkeln vor meinem Schlafzimmer herumgeschlichen ist.«

»Können Sie den Mann beschreiben, Miss Swanson?« fragte Gonzales.

»Selbstverständlich«, erwiderte Miss Swanson. »Er war groß und mager ... wie eine Bohnenstange. Wenn sich der Bursche besser halten würde, wäre er noch größer. Der Himmel weiß, warum die jungen Leute heutzutage immer so krumm gehen. Und dann diese Gesichter ...«

»Miss Swanson«, unterbrach Gonzales sie. »Haben Sie gute Nerven?«

Es gibt Leute, die machen zuerst große Sprüche und entpuppen sich dann als Feiglinge. Nettie Swanson gehörte nicht zu dieser Sorte. Während Sergeant Gonzales ihr die Situation erklärte, stieg ein seltsames Feuer in ihre Augen. Gonzales sagte ihr, daß der Herumtreiber möglicherweise zurückkehren und am Samstag mit einem Korb mit Badezimmerartikeln vor ihrer Tür stehen würde, die er verkaufen wolle. Und er fragte sie, ob sie erlauben würde, daß ein Polizeibeamter dem Mann in ihrer Wohnung auflauerte, um ihn zu verhaften.

»Das ist nicht nötig«, wehrte Miss Swanson ab. »Ich habe eine Flinte im Schrank, mit der ich als junges Mädchen zu Hause in Oklahoma Klapperschlangen getötet habe. Ich werde mit dem Burschen schon fertig.«

»Aber dieser Mann ist wahrscheinlich nicht nur ein gewöhnlicher Einbrecher«, protestierte Gonzales. »Wenn das der Verbrecher ist, den wir suchen, hat er bereits zwei Frauen auf dem Gewissen.«

Miss Swanson blieb zunächst gelassen. Sie war schließlich nicht blind und konnte lesen. Ihre Augen begannen erneut zu funkeln, als ihr die Wahrheit dämmerte.

»Der ›Katzen-Killer‹! Na, also wenn das nichts ist! In diesem Fall überlasse ich die Sache natürlich lieber Ihnen, Sergeant. Sollten Sie allerdings Verstärkung brauchen, habe ich noch immer meine Flinte.«

Gonzales hätte sich keine hilfsbereitere Bürgerin wünschen können.

Samstag. Keith saß zusammen mit Gonzales in einem kleinen, unauffälligen Personenwagen gegenüber dem Apartmenthaus, in dem Nettie Swanson lebte. Es war ein altes, zweistöckiges Gebäude, das auf der einen Seite von einem neuen Mehrparteienhaus und auf der anderen von einer schäbigen Hecke gesäumt wurde, die das Grundstück von einer schmalen Gasse trennte. Im Haus selbst wartete seit neun Uhr einer von Gonzales Mitarbeitern. Inzwischen war es elf Uhr.

Keith schwitzte. Er öffnete die Wagentür auf seiner Seite, um frische Luft hereinzulassen. Gonzales beobachtete ihn neugierig.

»Sie sind noch nervöser als ich«, bemerkte er. »Und ich benehme mich in diesen Situationen meistens wie ein altes Weib. Sie arbeiten verdammt hart an dieser Sache, Briscoe.«

»Ich arbeite immer hart«, entgegnete Keith. »Mir gefällt's so.«

»Auch nachts?«

»Auch nachts.«

»Das ist schlimm. Wir sind nicht mehr die Jüngsten. Es kommt für jeden der Zeitpunkt, ab dem man kürzer treten muß.« Gonzales schob seinen Hut in den Nacken, streckte seine Beine aus und rückte den Autositz ein Stück zurück. »So sagt man wenigstens landläufig. Wie man das allerdings mit fünf Kindern anstellen soll, konnte mir noch keiner sagen. Sie haben doch auch Kinder, oder?«

Keith antwortete nicht. Er tastete in seiner Tasche nach einer Zigarette, doch die Packung war leer. Etwas weiter unten an der Ecke hinter der Einmündung der Gasse an der Hecke lag ein Drugstore. Und Drugstores führten Zigaretten und man mußte dort nicht befürchten, in unangenehme Unterhaltungen

über Kinder verstrickt zu werden.
»Ich hole mir Zigaretten«, verkündete Keith. »Sagen Sie Ihrem Freund, er soll seine Handtücher erst verhökern, wenn ich wieder da bin.«
Der Drugstore lag auf derselben Straßenseite wie das Apartmenthaus, das sie beobachteten. Aus purer Neugier überquerte Keith die Straße und ging am Eingang vorbei. Die Tür stand offen, doch die Halle war vollkommen leer. Keith schlenderte am schmalen Seitenweg vorbei zum Drugstore, kaufte Zigaretten und machte sich langsam wieder auf den Rückweg. Er hatte es nicht eilig, zum Wagen zurückzukommen. Gonzales hatte recht. Er war nervös. Seine Hand zitterte, als er die Zigarettenpackung aufriß. An der Einmündung des Fahrwegs blieb er stehen, um sich eine Zigarette anzuzünden. Im nächsten Augenblick hatte er sie vollkommen vergessen. Sie fiel achtlos zu Boden.
Noch vor einigen Minuten war der schmale Weg vollkommen leer gewesen. Jetzt parkte etwa sechs Meter von der Hauptstraße entfernt dicht an der Hecke ein verbeultes, graues Coupé. Keith hob den Kopf. Der Gehsteig vor ihm war ebenfalls leer, doch auf der gegenüberliegenden Straßenseite stieg Gonzales gerade aus seinem Wagen und ging mit konzentrierter Miene zielbewußt auf den Eingang des Apartmenthauses zu, ohne nach rechts oder links zu sehen. Das konnte nur eines bedeuten. Keith lief geradewegs zu dem grauen Coupé. Es war ein altes Chevrolet-Modell mit dem Kennzeichen KUJ 770. Er ging um den Wagen herum und spähte durch das Fenster neben dem Fahrersitz ins Innere. Die Plakette mit Namen und Adresse des Fahrzeughalters war ver-

rutscht, so daß er die Aufschrift nicht lesen konnte, doch die Wagentür war nicht verschlossen. Als Keith sie öffnete, sah er etwas halb versteckt unter dem Sitz liegen. Es war jetzt schmutzig, doch die ursprünglich blaue Farbe und der schwarze aufgestickte Pudel waren deutlich zu erkennen. Keith ließ das Handtuch wieder zu Boden fallen und betrachtete die Plakette über dem Steuer. Demnach gehörte das Auto einem gewissen George Kawalik, 1376 1/4 N. 3rd. Street.
Damit hielt Keith praktisch alle Fäden in der Hand. Gonzales wußte nichts von diesem Coupé. Von der anderen Straßenseite aus konnte er es hinter der Hecke nicht gesehen haben. Keith trat in der Absicht, Gonzales ins Haus zu folgen, einen Schritt zurück, als er plötzlich den Schuß und offensichtlich auch einen Schrei hörte. Er wartete angespannt. Dann geschah alles sehr schnell. Er wollte gerade am Ende der Hecke um die Ecke biegen, als plötzlich die Zweige krachend auseinandergeschoben wurden. Zuerst tauchte ein Kopf mit kurzgeschnittenem blonden Haar und vor Angst verzerrten Zügen und dann ein schlaksiger, vornübergebeugter Körper auf, der hastig zu dem grauen Coupé stolperte. Die Tür wurde aufgerissen und das Gesicht erschien über dem Steuerrad, bevor Keith überhaupt begriffen hatte, was vor sich ging. Inzwischen stand er bereits auf dem Gehsteig, sechs Meter vom Wagen entfernt, und konnte sich nur mit einem Satz ins Gebüsch vor dem vorbeirasenden grauen Coupé retten. Sei weiterer Rückzug wurde abrupt durch die hundertachtzig Pfund Lebendgewicht von Sergeant Gonzales gestoppt, mit dem er unsanft zusammenstieß.
»Der im Coupé . . . ist er das gewesen? Haben Sie ihn

gesehen?«

Das Coupé war inzwischen nur noch als undeutliche graue Silhouette zu erkennen, bevor es um die nächste Ecke bog und ganz aus ihrem Blickfeld verschwand.

»Haben Sie den Wagen gesehen? Haben Sie sich die Autonummer gemerkt?«

Gonzales hatte ein Recht zu brüllen. Ein Verbrecher ... ein zweifacher Mörder war ihm entwischt.

»Diese dämliche Frau mit ihrer Klapperschlangen-Flinte!«

Langsam fand Keith seine Sprache wieder.

»Hat sie geschossen?« fragte er.

»Nein, aber sie hat mit der Flinte in der Hand die Tür aufgemacht, bevor Clancy, den ich bei ihr postiert hatte, sie daran hindern konnte. Beim Anblick der Waffe ist der Bursche natürlich sofort durch die Hintertür verduftet. Clancy hat geschossen. Haben Sie die Autonummer erkannt?«

Gonzales' gutmütiges Gesicht war eine breite, schweißglänzende Maske vor Keiths Augen. Er war ein Freund, ein Polizist, ein Mann in Schwierigkeiten. Und mit diesem kleinen Stück Papier hielt ausgerechnet Keith alle Fäden in der Hand.

Er zögerte nicht.

»Nein«, antwortete er. »Ich habe nichts gesehen. Es ist alles viel zu schnell gegangen.«

Wer kann später noch sagen, wann ein bestimmter Entschluß gefaßt worden ist? Eine Gelegenheit ergab sich, eine Antwort wurde ausgesprochen ... aber das war nicht der Zeitpunkt. Die Zeit ist ein Gewebe, und der Augenblick, den wir ›Jetzt‹ nennen, erscheint nur als einzelner Faden. Und trotzdem geschah es. In dem Moment, als Keith die Worte ausgesprochen hatte, wußte er, daß etwas, das er im Unterbewußtsein längst geplant hatte, bereits getan war. Das Gewebe war schon gesponnen. Er brauchte nur den Fäden zu folgen.

Da war zum Beispiel ein Mörder namens George Kawalik, der nach einer bestimmten Methode mordete. Er suchte eine Wohnung, in der eine alleinstehende Frau lebte, beobachtete sie, fand heraus, wo die Schlafzimmerfenster lagen, wartete bis zu einer Zeit am Samstag, wo sein Opfer am wahrscheinlichsten zu Hause anzutreffen war, machte einen Testbesuch als Hausierer, der Handtücher verkaufen wollte, und Sonntagnacht kassierte er ab. Er kam, stahl und tötete.

Und da war ein Mann wie Keith Briscoe, der einen Fehler begangen hatte. Darüber, wie und warum es dazu gekommen war, dachte er nicht gern nach. Es stand lediglich fest, daß er einen Ausweg aus seiner Lage finden mußte. Er war nicht mehr der Jüngste. Das Haar an den Schläfen wurde bereits grau, und er begann zu spüren, wo seine Grenzen lagen. Es erschien ihm ausgesprochen unfair, daß er den Rest seines Lebens für einen Flirt büßen sollte, der zu weit gegangen war, und fand es noch weniger fair, daß seine Söhne keinen Vater haben sollten und Faye eine einsame Frau war, deren Drinks immer stärker wurden, und die davonlief, um die Liebe zu finden, die er ihr geben wollte.

Nachdem er sich von Gonzales getrennt hatte, hatte Keith Zeit, über all diese Dinge nachzudenken. In seiner möblierten Einzimmerwohnung brachte er alles auf zwei einfache Formeln: Keith plus Faye bedeutete ein Heim und Glück, Keith minus Elaine bedeutete Faye. Die letzte Gleichung barg allerdings einige Unsicherheitsfaktoren. Trotzdem mußte er sie wagen, denn die Kombination ›Keith plus Elaine‹ war unlösbar.

Natürlich wußte er, was gegen Mord sprach. George Kawalik würde gefaßt werden. Dieser Mann war längst nicht mehr nur ein Fußabdruck oder ein gesichtsloser Schatten, der geschickt in Schlafzimmerfenster einstieg. Mittlerweile gehörten zu ihm sowohl ein Gesicht als auch ein Körper. Außerdem besaß er eine charakteristische Arbeitsmethode, und, was vielleicht noch wichtiger war, ein Auto. Gonzales hatte zwar das graue Coupé nur flüchtig gesehen, doch die Augen des Sergeants waren geschult und nahmen jede Kleinigkeit wahr. Keith wurde plötzlich klar, welch mächtige Organisation Gonzales für sich arbeiten lassen würde. Die Polizei würde das Coupé finden. Vielleicht brauchte sie dazu nur einige Tage, vielleicht auch Wochen, aber sie würde es finden. Daran bestand kein Zweifel. Und in der Zwischenzeit würde Kawalik weiter morden. Der innere Zwang, der ihn zur Tat trieb, würde immer wieder entstehen, ob er nun von einer psychischen Störung oder von der ständigen verzweifelten Geldnot des Drogenabhängigen herrührte.

Und Sonntag war die Mordnacht.

Am Samstagabend machte sich Keith nach Einbruch der Dunkelheit auf Erkundungsfahrt. Kawaliks Adresse wäre schon bei Tageslicht nicht leicht zu finden gewesen, und um so schwieriger war es im Dunkeln. Der Mann lebte in einem Viertel, das aus

einem unübersichtlichen Gewirr halbverfallener, alter Holzhäuser mit Hinterhöfen und zahlreichen schäbigen Anbauten bestand, die allesamt reif für den Abbruch zu sein schienen. Am äußersten Ende des Komplexes fand Keith schließlich Kawaliks Hausnummer. Das Holzhaus lag völlig im Dunkeln und die Jalousien waren heruntergelassen. Keith war einen Augenblick lang versucht, die Klinke der Haustür herunterzudrücken, doch dann erschien es ihm zu riskant. Es wäre ein unpassender Zeitpunkt gewesen, Kawaliks nervösen Finger am Abzug seines Revolvers zu reizen. Statt dessen lief Keith lautlos ums Haus. An der Rückseite waren ebenfalls sämtliche Jalousien geschlossen, aber ein Fenster war geöffnet. Keith blieb dicht davor stehen, horchte angestrengt und glaubte jemand atmen zu hören. Dann ging er weiter. Das Schloß der Hintertür war altmodisch und mit einem Dietrich leicht zu öffnen. Keith tastete nach dem Schlüsselring in seiner Tasche und beschloß, zu warten. Dann schlich er zum Garagentrakt hinüber, der aus einer barackenartigen Reihe von offenen Unterständen bestand und das Grundstück von einem schmalen Fahrweg trennte. Dort stand das graue Coupé.
Kawalik hatte sich offensichtlich zu Hause verbarrikadiert, was natürlich eine normale Reaktion darauf war, daß er der Polizei so knapp entkommen war. Für Keith konnte das nur ein Vorteil sein, denn er war noch nicht soweit. Er hatte nur auskundschaften wollen, wo Kawalik zur geeigneten Zeit zu finden war. Schließlich schlich er durch das Gewirr von flachen Holzbauten zur Straße zurück, und war sich die ganze Zeit über ängstlich bewußt, daß ihn mög-

licherweise ein wahnsinniger Mörder hinter einer Fensterjalousie aufmerksam beobachtete. Er hatte schon beinahe die Straße erreicht, als ihn eine Stimme aus der Dunkelheit abrupt anhalten ließ.
»Suchen Sie jemanden, Mister?«
Es war eine dunkle Männerstimme. Keith drehte sich langsam um und sah erleichtert einen alten Mann im erleuchteten Türrahmen einer Haustür im Vordergebäude stehen. Der Mann hatte den mißtrauischen Blick des Hausbesitzers, der sein Terrain verteidigt.
»Man hat mir offensichtlich eine falsche Adresse gegeben«, murmelte Keith.
»Nach welcher haben Sie denn gesucht?«
»Nach einem Haus, das angeblich zu vermieten ist. Ein Freund behauptet, eines der Häuser sei leer.«
»Hier ist nichts zu vermieten«, entgegnete der alte Mann.
»Es sollte ein Haus sein, bei dem die Jalousien runtergelassen sind«, beharrte Keith.
»Das ist besetzt. Der Mann, der dort wohnt, arbeitet nachts.«
Danach fuhr Keith nach Hause. Der alte Mann war noch immer mißtrauisch. Keith war zufrieden.
Bevor er zu Kawalik zurückkehren konnte, blieb ihm nur noch eines zu tun. Keith rief Elaine an. Es war kurz vor zwölf mittags, doch ihre Stimme klang verschlafen. Elaines Nächte waren ungewöhnlich lang. Keith hatte sich seine Geschichte sorgfältig ausgedacht. Er sagte ihr, daß er bis spät abends zu tun habe, sie jedoch trotzdem unbedingt sprechen wolle. Es sei wichtig. Er fragte, ob Mitternacht ihr recht sei. Elaine protestierte. Thelma gab eine Party.
»Hat sie schon wieder Geburtstag?« erkundigte er

sich ironisch.
Elaine protestierte noch immer. Was es denn so Dringendes zu besprechen gebe, wollte sie wissen. Seine Freiheit, erwiderte er.
»Du weißt, wie ich darüber denke«, entgegnete sie.
»Daß es mich einiges kosten würde? Natürlich. Vielleicht gibt es eine Möglichkeit, das Geld aufzutreiben. Du hast doch nichts gegen Bargeld, oder?«
Darauf fiel sie prompt herein und versprach, um Mitternacht zu Hause zu sein.
Er beobachtete das Apartment von der Straße aus. Gegen Mitternacht waren sämtliche Fenster der Wohnung hell erleuchtet. Um ein Uhr schließlich gingen die Lichter auf der Vorderseite aus, und er verlegte seinen Beobachtungsposten auf die Rückseite des Gebäudes. Punkt halb zwei wurde dann das Licht im Schlafzimmer gelöscht. Elaine nahm offensichtlich an, er habe sie versetzt, und war ins Bett gegangen. Sie hätte keinen verhängnisvolleren Fehler machen können.
Zwanzig Minuten später betrat Keith Kawaliks Holzbungalow durch die Hintertür. Im Haus war es stockdunkel. Einige Sekunden lang wurde Keith von der Angst befallen, Kawalik könne kaltblütiger sein, als erwartet und einem vorbestimmten Opfer bereits einen Besuch machen, doch als er ins Schlafzimmer kam, hatte er seine Befürchtungen vergessen. Im schwachen Mondlicht, das durch die Jalousieritzen ins Zimmer drang, zeichnete sich eine lange, hagere Gestalt unter der Bettdecke ab. Keith, der seinen Revolver in der Hand hielt, schaltete die Taschenlampe an. Der Mann im Bett war Kawalik, doch er rührte sich nicht. Keith trat näher. Kawaliks Augen

waren geschlossen, und er atmete schwer. Sein rechter Arm hing locker über die Bettkante. Keiths Vermutung erwies sich als richtig. Die Innenseite des Arms war völlig zerstochen. Die letzte Dosis, die Kawalik sich offenbar gespritzt hatte, mußte sehr stark gewesen sein. Kawalik war für Stunden außer Gefecht gesetzt.
Keith hatte mehr Glück, als er hatte erwarten können. Er leuchtete mit seiner Taschenlampe das Zimmer aus. Licht wagte er aus Angst vor dem adleräugigen Hausbesitzer im Vordergebäude nicht zu machen. Stück für Stück fand er schließlich, was er brauchte: in einer Kommodenschublade den fünfundvierziger Revolver, im Schrank ein Paar Turnschuhe mit glatten Gummisohlen, ein Paar Handschuhe und einen Korb voller farbiger Gästehandtücher. Keith kramte in dem Stapel Handtücher, bis er ein pinkfarbenes Handtuch gefunden hatte. Grelles Pink schien das Richtige für Elaine zu sein.
Im Badezimmer entdeckte er dann unter anderen interessanten Utensilien ein Taschenmesser, eine Injektionsspritze, einen Löffel mit einem rauchgeschwärzten Gefäß, und die Reste eines zerrissenen Hemds. Einer der Baumwollstreifen war blutgetränkt. Kawalik mußte beim Suchen nach der Vene tiefer gestochen haben, als beabsichtigt. Über den Waschbeckenrand hing ein weiterer blutbefleckter Streifen Baumwollstoff. Er wollte gerade den Fußboden ableuchten, als er plötzlich das Licht ausknipste. Er hielt den Atem an, bis er sicher war, daß die Geräusche vor dem Haus nur von einer Katze stammen konnten. Anschließend verließ er das schäbige Haus, ohne die Lampe wieder anzumachen, und schloß die Hintertür hinter sich ab.

Eine halbe Stunde später kletterte Keith durch Elaines Schlafzimmerfenster. Er war außer Atem und hatte Angst. Mehrmals hatte er befürchten müssen, daß sie ihn hörte, wie er das Fliegenfenster aufschnitt, und alles zunichte machen würde. Da ihre Nachbarn in diesem Apartmenthaus, was laute Parties und auf Brüllautstärke eingestellte Fernsehapparate betraf, nie sehr rücksichtsvoll gewesen waren, schlief Elaine sicher auch diesmal mit Augenmaske und Watte in den Ohren. Er hätte Kawaliks Turnschuhe auf dem tiefen Teppich eigentlich gar nicht gebraucht, doch Kawaliks Markenzeichen – das pinkfarbene Gästehandtuch, das er in den Wäscheschrank im Badezimmer legte, war ein unerläßliches Utensil. Im Ankleidezimmer lagen zwei Geldbörsen. Er nahm das Geld heraus und steckte die kleinere von beiden, ein Abendtäschchen ein, um es später draußen irgendwo zu deponieren. Danach ging er zu Elaines Bett, beugte sich über sie und nahm ihr die Augenmaske ab. Sie fuhr abrupt aus dem Schlaf auf, schrie jedoch nicht. Elaine hatte ausgezeichnete Nerven . . . so ausgezeichnete Nerven, daß sie die dunkle Gestalt neben ihrem Bett wortlos anstarrte, bis sie ihn erkannte.
»Ach, du . . .«
Dann sah sie die Waffe in seiner Hand. In diesem Augenblick drückte er ab.

Es war ein Kinderspiel gewesen. Mord war ein Kinderspiel. Als Keith wieder in seinem Wagen saß, empfand er ein unglaubliches Hochgefühl. Er hatte gar nicht gemerkt, unter welcher innerer Anspannung er zuvor gestanden hatte. Jetzt fiel alles von ihm ab, und er begriff, wie Kawalik sich fühlen mußte, sobald die Droge in seinen Adern zu wirken begann. Er war wild und frei und schwebte tausend Meter über dem Boden. Elaine war tot, und ihm würde nie jemand etwas anhaben können. Die lauten Nachbarn hatten den Schuß nicht gehört. Das Abendtäschchen lag auf dem untersten Absatz der Feuerleiter und das pinkfarbene Handtuch im Wäscheschrank. Die Ballistikexperten im Polizeilabor würden feststellen, daß die Kugel, die Elaine getötet hatte, aus derselben Waffe stammte, die schon bei zwei anderen Verbrechen benutzt worden war. Und das Großartigste war, daß Kawalik, wenn man ihn geschnappt hatte, gar nicht in der Lage sein würde, sich zu erinnern, ob er Elaine tatsächlich ermordet hatte. Jetzt brauchte er nur noch die Waffe, die Handschuhe, Schuhe und das Geld in Kawaliks Wohnung zu bringen. Danach sollte das Unvermeidliche seinen Lauf nehmen.

Das Unvermeidliche war Sergeant Gonzales. Keith entdeckte den Streifenwagen, der vor Kawaliks Bungalow parkte erst, als es bereits zu spät war. Er hatte abgebremst, um den Wagen zu parken, und Gonzales hatte ihn gesehen.

»Ah, Sie haben meine Nachricht also doch bekommen«, rief Gonzales ihm zu.

Keith schaltete den Motor ab. Er hatte keine Ahnung, wie es Gonzales gelungen war, Kawaliks Adresse so schnell ausfindig zu machen, aber er konnte sich noch immer dumm stellen und einfach gar nichts sagen.

»Ich habe das Hauptquartier gebeten, Sie anzurufen, als ich mein Büro verlassen habe. Ich wollte nicht, daß Sie das Finish verpassen.«

»Der Katzen-Killer?« fragte Keith, während sein Gehirn fieberhaft arbeitete.
»Wir haben ihn. Briscoe, bei diesem Fall habe ich einen Schutzengel gehabt. Wir hatten wieder mal Glück. Der Hausverwalter hier ist mißtrauisch geworden. Er behauptet, daß sich gestern nacht hier ein Kerl herumgetrieben hat. Und als er heute nacht wieder jemand gehört hat, hat er die Polizei angerufen. Meine Jungs haben zwar keinen Einbrecher, aber dafür in der Garage dort drüben etwas sehr Interessantes gefunden . . .«
Keiths Gedanken eilten Gonzales' Worten fieberhaft voraus. Er schwebte längst nicht mehr in tausend Meter Höhe über dem Boden, doch immerhin war er noch frei. Sie mußten erst einmal die Waffe finden. Dabei konnte er ihnen helfen . . . im Dunkeln würde er eine große Hilfe für die Polizei sein.
». . . ein altes Chevrolet-Coupé«, fuhr Sergeant Gonzales fort. »Also genau das, wonach wir den ganzen Tag lang gesucht haben. Der Fahrersitz ist voller Blut.«
Im Dunkeln konnte er ihnen helfen, die Waffe, die Handschuhe, die Turnschuhe zu finden . . . Und dann hörte Keiths Gehirn auf fieberhaft zu arbeiten und konzentrierte sich auf Gonzales Worte.
»Blut?« wiederholte er.
Blut wie auf dem Streifen Baumwollstoff im Badezimmer. Blut, wie es Elaines Bettwäsche durchtränkte und mittlerweile auf Keiths Hände abzufärben begann.
Gonzales nickte.
»Ich schätze, daß Clancys Schuß besser plaziert war, als wir angenommen haben. Der Katzen-Killer wird

heute nacht in kein Fenster klettern. Er liegt dort drinnen und ist so ›out‹, daß er nicht mal merkt, daß wir ihn gefunden haben. Es ist 'ne wirksame Art Schmerzen zu betäuben, wenn einem jemand ins Bein geschossen hat.«

Es war nicht Blut, das an Keiths Händen klebte, sondern die Tatwaffe. Als ihr Gewicht ihn zu erdrükken drohte, gab er sie Gonzales. Gonzales würde alles herausbekommen. Ein Faden, ein Gewebe, eine Methode. Elaine hatte recht gehabt: Er hatte eine Schwäche, und ein Mann mit Schwächen sollte nicht mit scharfen Waffen herumspielen.

Die dankbare Diebin

Patrick O'Keeffe

Als Kapitän Brier über das Promenadendeck schlenderte, sah er gerade, wie Miriam Stroude aus der Eingangshalle kam und zu einem der Fenster im verglasten Deckteil ging. Dort blieb sie bewegungslos wie ein Mannequin in ihrem weißen Plisseekleid stehen, das er bereits beim Frühstück im Speisesaal bewundert hatte, und starrte auf die glitzernde, blaue See hinunter. Brier ging auf sie zu, erwiderte dabei die Begrüßung der Passagiere, die in den Deckstühlen saßen und zu seiner großen, weißgekleideten und vertrauenerweckenden Gestalt mit dem freundlichen Lächeln im breiten, kantigen Gesicht emporsahen. Er hatte den leicht schwankenden, breitbeinigen Gang des Seemanns.

Am Vortag hatte der Erste Offizier Miss Stroude, die an seinem Tisch saß, zum Kaffee auf der Brücke während der Wache eingeladen, und Kapitän Brier hatte jetzt die Absicht, diese Einladung für den kommenden Nachmittag seinerseits zu wiederholen. Als er sich der Eingangshalle näherte, holte ihn ein junger Schiffsoffizier in der Uniform des Zweiten Zahlmeisters ein und sprach ihn an.

»Sie möchten bitte sofort ins Büro hinunterkommen, Sir«, sagte er atemlos. »Salmon hat Miss Coston ermordet in ihrer Kabine aufgefunden.«

Kapitän Brier lief in die Halle und den breiten Treppenaufgang hinunter. Der Zweite Zahlmeister folgte dicht hinter ihm. Salmon, ein Kabinensteward stand mit vor Erregung rotem Gesicht neben dem Fenster zum Büro des Zahlmeisters. Brier warf einen Blick durchs Fenster und fragte scharf: »Wo ist der Zahlmeister?«
»Ich glaube, in seiner Kabine, um sich fürs Mittagessen frisch zu machen«, erwiderte sein Assistent.
»Richten Sie ihm aus, daß er sofort in Miss Costons Kabine kommen soll . . . Und holen Sie den Arzt! Aber sonst zu niemandem ein Wort!«
Der Kapitän folgte dem Steward den Kabinengang im selben Deck auf der Backbordseite entlang, das am späten Vormittag völlig verlassen wirkte. Salmon öffnete die Tür zur Kabine 15, ging voraus und machte die Tür hinter dem Kapitän wieder zu. Es handelte sich um eine Zweibettkabine mit eigenem Bad. Der Duft von Kosmetikartikeln hing in der Luft. Kapitän Brier entdeckte Miss Coston erst in dem Augenblick, als er weit genug im Raum stand, um die Badezimmertür sehen zu können. Sie lag quer über der Schwelle auf dem Rücken und hatte den Blick starr nach oben gerichtet. Miss Coston war eine hübsche, ungefähr dreißigjährige Frau in einem rosafarbenen, ärmellosen Kleid. Ihr kurzes, blondes Haar war blutverklebt, und der Teppichboden hatte sich an dieser Stelle dunkel verfärbt. Der Kapitän sah den Steward an. »Wie haben Sie sie gefunden?«
»Ich war auf dem Weg zur Kabine 19, wo ich vergessen hatte, die Wasserflasche nachzufüllen«, antwortete Salmon. »Dabei ist mir aufgefallen, daß die Tür zur Kabine 15 im Rhythmus der Schiffsbewegungen hin und

her schwang. Ich dachte, Miss Coston oder ihre Zimmergenossin sei in der Kabine und wollte Bescheid sagen. Dabei habe ich sie entdeckt. Ich habe schnell die Tür zugemacht und bin zum Zahlmeister gelaufen.«
Kapitän Brier musterte Salmon die ganze Zeit über aufmerksam. Der Steward mittleren Alters war unter seiner fleckenlos weißen Jacke reichlich korpulent. Er machte seine erste Fahrt auf der ›Truxillo‹.
»Sind Sie im Gang jemand begegnet?«
»Nein, Sir. Ich habe nur ein kleines Mädchen gesehen, das in einer der Kabinen verschwunden ist, als ich zum Zahlmeister gelaufen bin.«
Kapitän Bier sah sich in der Kabine um. Auf der gläsernen Deckplatte des Toilettentischs stand eine Ansammlung von Fläschchen und Cremetöpfen, Kleider und Blusen hingen an den Haken in der Wand, und jemand hatte einen karierten Morgenmantel achtlos über einen Sessel geworfen. Nirgends waren Spuren eines Kampfes zu entdecken.
Schließlich stieg der Kapitän über die Tote und betrat das weißgekachelte Badezimmer. Hinter der eingehakten, geöffneten Tür stand halb verborgen die Badewanne. Im Waschbecken lag ein feuchtes Gesichtstuch mit roten Schmierflecken. Das konnte nur Blut sein. Nach der allmorgendlichen Reinigung durch den Steward war der Badewannenboden noch feucht und wies in jenem Teil, der hinter der Tür lag, Schmutzspuren auf, die aussahen, als habe dort jemand gestanden.
Kapitän Brier kehrte in die stickig heiße Kabine zurück. Der Ventilator war ausgeschaltet. Salmon hatte bereits den obersten Knopf seines Uniformjacketts geöffnet. Der Kapitän starrte gedankenverloren

durch eines der beiden Bullaugen, von denen aus man auf die See hinuntersehen konnte. Durch diese Fenster konnte man zwar eine Mordwaffe mit Fingerabdrücken verschwinden lassen, aber als Fluchtweg waren sie völlig ungeeignet. Der sanft geschwungene Horizont über der strahlend blauen See hob und senkte sich mit dem Schwanken des Schiffes, also jener Bewegung, die nach Salmons Aussage das Schlagen der unverschlossenen Tür verursacht und damit seine Aufmerksamkeit erregt hatte. Eine plausible Erklärung, überlegte der Kapitän. Vielleicht zu plausibel?

Plötzlich wurde knapp und hart an die Tür geklopft, und der Zahlmeister kam gefolgt vom Schiffsarzt in die Kabine. Beide hatten ihre Kabinen offensichtlich in großer Hast verlassen, denn der weiße Mantel des Arztes war nur halb zugeknöpft, und der Zahlmeister war in Hemdsärmeln und ohne Uniformjacke gekommen. Der Zahlmeister war ein ungefähr dreißigjähriger Mann mit Glatze und einer Brille mit Goldrand im hageren Gesicht. Er warf einen flüchtigen Blick auf die Tote und sah dann weg.

Der untersetzte Arzt gab sich entsetzt, ging jedoch mit professioneller Ruhe und Gelassenheit an die Arbeit. Nach einer ersten oberflächlichen Untersuchung der Toten richtete sich der weißhaarige Mann mit gerötetem Gesicht und schweratmend wieder auf.

»Sie wurde mit einem oder mehreren Schlägen auf den Hinterkopf niedergeschlagen . . . und zwar mit einem flachen Gegenstand, der wahrscheinlich nicht schwer genug war, um sie zu töten. Der Tod ist vermutlich durch die Schockwirkung eingetreten.

Im Gang ertönten plötzlich leise Schritte. Der Kapitän machte Salmon ein Zeichen, doch bevor der Steward den Riegel vorschieben konnte, wurde die Tür aufgestoßen und eine junge Frau mit zerzaustem schwarzen Haar stand stirnrunzelnd auf der Schwelle. Das gelbe Kleid brachte ihre gute Figur vorteilhaft zur Geltung. An beiden Handgelenken trug sie schwere goldene Armbänder.

»Was zum Teufel machst du denn so lange, Fanny?« Als sie die vier Männer sah, hielt sie abrupt inne. Der Kapitän drängte sich an den anderen vorbei und nahm sie beim Arm. »Kommen Sie, Miss Keeling.«

Er führte die verwirrte Miss Keeling zu einem Sessel. Als sie sich setzte, sah sie ihre Freundin und öffnete den Mund, um zu schreien. Der Kapitän nahm sie sanft bei den Schultern. »Ganz ruhig, Miss Keeling.« Er machte Salmon ein Zeichen, den Ventilator wieder anzuschalten.

»Ist sie . . . tot?« fragte Miss Keeling atemlos.

»Leider ja, Miss Keeling. Es tut mir aufrichtig leid. Sie wurde vor einigen Minuten hier gefunden.«

»Ich kann's nicht fassen. Sie ist von unserer Bridgepartie aufgestanden, um ihre Zigaretten zu holen . . . sie raucht eine besondere türkische Marke. Und ich wollte nachsehen, wo sie so lange bleibt.«

»War Miss Coston herzkrank?« erkundigte sich der Arzt.

Miss Keeling nickte. »Die arme Fanny hatte vor ungefähr einem Monat einen leichten Infarkt.« Miss Keelings Arm schnellte vor und sie deutete auf die Tote. »Sie wollen das doch nicht als Herzanfall abtun . . .« Sie sprang auf, drehte sich zum Toiletten-

tisch um und riß die oberste Schublade auf.
»Es ist fort!« rief sie erregt. »Das Perlenkollier ist verschwunden.« Sie wirbelte herum. »Ich habe es gestern abend hier hineingelegt. Und heute morgen, als ich meinen Lippenstift herausgeholt habe, war es noch da.«
»Offensichtlich hat Miss Coston einen Dieb überrascht, und wurde von ihm niedergeschlagen«, bemerkte der Kapitän.
Miss Keeling sank wieder in den Sessel. »Arme Fanny!« stöhnte sie. »Sie war dagegen, daß ich das Kollier auf diese Kreuzfahrt mitnehme. Sie hat behauptet, ich ginge zu nachlässig mit Schmuck um. Erst gestern habe ich das Kollier aus dem Tresor des Zahlmeisters geholt, um es zum Begrüßungsdiner tragen zu können, und wollte es eigentlich heute nach dem Frühstück wieder zurückbringen. Es ist über zehntausend Dollar wert.«
»Es ist noch an Bord«, sagte der Kapitän. »Genau wie der Mörder. Bevor die Polizei in Kingston den Fall nicht gründlich untersucht hat, darf niemand das Schiff verlassen.«
Miss Keeling stöhnte erneut. »Ich hätte das Kollier nicht mitnehmen dürfen! Arme Fanny!«
»Ich werde dafür sorgen, daß Sie eine andere Kabine bekommen«, fuhr der Kapitän fort und wandte sich an Salmon: »Bringen Sie Miss Keeling vorerst in Kabine 6 unter. Und sagen Sie dem Chefsteward Bescheid. Ich rufe ihn gleich von meinem Büro aus an. Bitte sprechen Sie nicht mit anderen darüber. Ich möchte vermeiden, daß es hier vor der Kabine einen Menschenauflauf gibt.«
Miss Keeling stand auf und folgte dem Steward in

den Gang hinaus. »Doktor, warten Sie bitte hier«, sagte der Kapitän zum Schiffsarzt. »Ich schicke den Ersten Offizier zu Ihnen hinunter. Er wird dafür sorgen, daß die Tote weggebracht wird.« Dann wandte er sich an den Zahlmeister: »Mr. Frabe, Sie kommen bitte mit mir. Ich brauche einige Informationen von Ihnen, um den Funkspruch über den Mord abfassen zu können. Namen, Kabinennummern und so weiter . . .«

Von der Kapitänskajüte aus rief Brier den Ersten Offizier und den Chefsteward an, gab ihnen die entsprechenden Instruktionen und sank dann in den Ledersessel neben seinem Schreibtisch.

»Eine scheußliche Geschichte! Und so was passiert gleich am dritten Tag dieser Kreuzfahrt«, seufzte er grimmig. »Das beeinträchtigt nicht nur die Stimmung an Bord . . . Wir werden in Kingston einige Tage festliegen. Es sei denn, wir finden vorher heraus, wer Miss Coston umgebracht hat.«

»Ich habe schon eine Vermutung«, erwiderte der Zahlmeister prompt. »Allerdings wollte ich vor den anderen vorhin nichts sagen. Ich habe nämlich gesehen, wie Miriam Stroude heimlich und leise aus der Kabine 15 gekommen ist . . . und zwar kurz bevor Salmon Miss Coston gefunden hat.«

»Miriam Stroude? Heimlich und leise?«

»Ja, so hat es wenigstens ausgesehen. Ich habe zu diesem Zeitpunkt in der Kabine 11 direkt hinter der Tür gestanden, weil ich John Granger ein Buch zurückbringen wollte, das er mir geliehen hatte.« Der Zahlmeister grinste verlegen. »Also gut, es war ein Buch über Börsengeschäfte. Sobald ich fette Gewinne einschiebe, werden Sie sicher nicht mehr über mich lachen. Außerdem ... würde ich mich nicht für diese Dinge interessieren, hätte ich nicht gesehen, was ich gesehen habe. Granger ist nämlich nicht in seiner Kabine gewesen, und ich habe das Buch auf den Tisch neben der Tür gelegt. Zufällig habe ich dort ein Buch über Spekulationsgeschäfte entdeckt und beim Durchblättern plötzlich draußen im Gang ein Geräusch gehört. Die Kabinentür stand einen Spaltbreit offen, und so konnte ich beobachten, wie Miriam Stroude von Kabine 15 fortgegangen ist ... und das so leise, daß ich bei geschlossener Tür bestimmt nichts gehört hätte.«

»Salmon hat mir gesagt, daß die Tür von Nummer 15 nur angelehnt war und geklappert hat.«

»Das ist leicht zu erklären«, erwiderte der Zahlmeister. »Miss Stroude muß die Tür so vorsichtig zugemacht haben, daß das Schloß nicht richtig eingeschnappt ist, und die Tür sich bei der ersten heftigeren Schlingerbewegung des Schiffs wieder geöffnet hat.«

»Aber ausgerechnet Miriam Stroude! Sind Sie sicher, daß Sie sie vor Nummer 15 gesehen haben?«

»Ganz sicher.« Der Zahlmeister nahm ein Taschentuch heraus und begann seine Brillengläser zu reinigen. »Ich weiß, es ist schwer vorstellbar, daß eine Frau wie sie ... gute Tänzerin, allgemein beliebt, Schwarm aller Männer ... so etwas tun sollte. Aber ist Ihnen schon aufgefallen, daß sie mit keinem Mann näher Bekanntschaft schließt, daß sie ständig überall und nirgends ist und die meiste Zeit für sich bleibt? Auf diese Weise hat sie die Möglichkeit jederzeit unauffällig zu verschwinden. Als Berufsbezeichnung hat sie Privatsekretärin angegeben, aber ich habe schon längst den Verdacht, daß sie eine gerissene Juwelendiebin ist. Eigentlich wollte ich bereits früher mit Ihnen darüber reden, aber jetzt, nachdem ich gesehen habe, wie sie heimlich aus Kabine 15 gekommen ist . . .« Der Zahlmeister zuckte mit den Schultern.

»Aber ein Mord!«

Der Zahlmeister setzte seine Brille auf. »Das lag vielleicht gar nicht in ihrer Absicht. Vermutlich wollte sie Miss Coston nur niederschlagen, um unerkannt entkommen zu können.«

»Hat Miss Stroude Sie gesehen?«

»Ich glaube nicht. Sie ist in die entgegengesetzte Richtung . . . also vermutlich in ihre Kabine gegangen.«

Kapitän Brier griff nach dem Telefonhörer. »Ich werde sie zu mir bitten.«

Der Kapitän beauftragte den Chefsteward, einen Pagen zu Miss Stroude zu schicken und sie zu bitten, in die Kapitänskajüte zu kommen. »Hat sich die Sache mit dem Mord schon herumgesprochen?« fragte der Kapitän schließlich.

»Nein, Sir. Miss Keeling war so erschüttert, daß sie sich in ihre neue Kabine zurückgezogen hat, ohne mit jemandem zu reden, und Salmon hat bisher den Mund gehalten. Sobald meine Leute allerdings die Tote ins Zwischendeck bringen und Miss Keelings Sachen aus der Kabine 15 räumen, wird sich die Nachricht sicher wie ein Lauffeuer verbreiten.«

Ein paar Minuten später brachte ein Page mit mürrischer Miene Miriam Stroude vom Sonnendeck in die Kapitänskajüte. Miriam Stroude hatte volles braunes Haar, das vom leichten Seewind zerzaust war, und roch angenehm nach Veilchen. Ihr Blick schweifte fragend vom Kapitän zum Zahlmeister. Der Kapitän erhob sich, führte sie zu einem Stuhl, setzte sich wieder und kam ohne Umschweife zur Sache.

»Miss Stroude, darf ich Sie bitten, uns zu sagen, ob Sie in den vergangenen zwanzig Minuten in Kabine 15 gewesen sind?«

Miss Stroude zögerte. Sie war sichtlich verlegen. »Ja, vermutlich ist es Kabine 15 gewesen. Auf die Nummer habe ich nicht geachtet. Das war natürlich dumm von mir . . . aber ich bin so in Gedanken versunken gewesen, daß ich mich in der Kabinentür geirrt habe. Von außen sehen die Kabinen alle gleich aus. Offensichtlich muß mich dabei jemand beobachtet und Meldung gemacht haben. Ich muß mich für meine Unachtsamkeit entschuldigen.«

»Sind Sie weit genug in der Kabine gewesen, um ins Badezimmer sehen zu können?« bohrte der Kapitän weiter.

»Ich bin, offen gestanden, schon beinahe in der Zimmermitte gewesen, bevor ich gemerkt habe, daß ich in der falschen Kabine war.«

»Hat noch jemand die Kabine betreten, während Sie dort gewesen sind?«

Miss Stroude schüttelte den Kopf. »Nein, niemand.« Dann schwieg sie einen Augenblick verwirrt. »Stimmt irgendwas nicht?« fragte sie schließlich.

»Miss Stroude, kurz nachdem Sie Kabine 15 wieder verlassen hatten, wurde Miss Coston ermordet auf der Badezimmerschwelle aufgefunden. Außerdem ist ein wertvolles Perlenkollier aus der Kabine verschwunden.«

Miriam Stroude sah ihn entgeistert an. »Und Sie

beschuldigen mich, das getan zu haben?«

»Nein, ich stelle Ihnen lediglich ein paar Fragen. Mr. Frabe hat gesehen, daß Sie aus Miss Costons Kabine gekommen sind. Ich wollte seine Aussage nur bestätigt wissen.«

»Wenn er gesehen hat, wie ich die Kabine verlassen habe, dann muß er ebenfalls beobachtet haben, daß Miss Coston kurz darauf erst ihre Kabine betreten hat.« Miriam Stroude wandte sich an den Zahlmeister: »Als ich auf dem Weg zu meiner Kabine gewesen bin, ist sie nämlich die Treppe vom Salon heruntergekommen. Ich bin stehengeblieben, um mit ihr zu reden, doch sie hatte es sehr eilig und ist sofort weitergegangen. Sie wollte nur ihre Zigaretten holen und zu ihrer Bridgepartie zurückkehren. Das hat sie mir selbst gesagt.«

Der Zahlmeister sah den Kapitän an und schüttelte den Kopf. »Miss Coston habe ich nicht gesehen. Ich habe wie gesagt nur einen flüchtigen Blick aus Kabine 11 geworfen, als ich Miss Stroude aus Miss Costons Kabine schleichen gehört habe.«

»Wenn Sie gehört haben, wie ich angeblich aus der Kabine *geschlichen* bin«, entgegnete Miss Stroude scharf, »dann müssen Sie auch Miss Coston gehört haben. Ich glaube kaum, daß sie in ihre eigene Kabine ›geschlichen‹ ist.«

Der Zahlmeister ignorierte Miss Stroudes Bemerkung und wandte sich an den Kapitän: »Ich habe wirklich nicht gehört, daß Miss Coston in ihre Kabine gegangen ist.«

»Miss Stroude«, begann Kapitän Brier erneut. »Hat vielleicht jemand Sie und Miss Coston im Gang zusammen gesehen?«

»Das kann ich wirklich nicht sagen. Ich habe einfach nicht darauf geachtet.«
»Und Sie sind geradewegs in Ihre Kabine zurückgekehrt?« wollte Kapitän Brier wissen.
»Ja. Ich bin dort eine Weile geblieben und dann zum Promenadendeck hinaufgegangen.«
Der Kapitän nickte. »Ich habe Sie dort gesehen.« Er wandte sich an den Zahlmeister. »Wie lange sind Sie noch in Mr. Grangers Kabine geblieben, nachdem Sie Miss Stroude beobachtet hatten?«
»Vielleicht höchstens eine Minute, würde ich sagen.«
»In dieser Zeit konnte sowohl Miss Stroude als auch Miss Coston jeweils ihre Kabine erreicht haben. Was ist mit Salmon? Haben Sie ihn gesehen?«
»Nein, Sir. Der Gang ist völlig leer gewesen, als ich in meine Kabine hinaufgegangen bin. Ich war gerade dabei, mich fürs Mittagessen frisch zu machen, als Sie nach mir geschickt haben. So wie ich war, bin ich sofort heruntergekommen.«
»Demnach muß der Mörder Kabine 15 betreten, Miss Coston umgebracht, die Perlen gestohlen und, wie es scheint, ungesehen entkommen sein, nachdem Sie den Korridor verlassen hatten und bevor Salmon ihn betreten hatte.«
»Der Dieb könnte in einer der Nachbarkabinen gewartet haben«, warf Miss Stroude ein. In ihrem Blick lag Verzweiflung. »In diesem Fall hätte der Täter Kabine 15 innerhalb weniger Minuten betreten und wieder verlassen können.«
»Es gibt noch eine andere Möglichkeit«, überlegte der Kapitän. »Der Dieb könnte bereits die ganze Zeit über in Miss Costons Kabine gewesen sein.«
»Dann müßte Miss Stroude ihn gesehen haben«,

bemerkte der Zahlmeister.
»Nicht, wenn er sich hinter der Badezimmertür versteckt hatte«, entgegnete Kapitän Brier.
»So muß es gewesen sein!« rief Miss Stroude. »Der Dieb hat mich gehört und sich im Badezimmer versteckt. Dort hat Miss Coston ihn dann vermutlich entdeckt.«
»Aber wenn ich Miss Stroude gehört habe, warum habe ich dann nicht gehört, wie Miss Coston in ihre Kabine gegangen ist?« gab der Zahlmeister zu bedenken. »Ich glaube vielmehr, daß Miss Coston bereits in ihrer Kabine gewesen ist, als ich Mr. Granger aufsuchen wollte.«
»Ich bin ihr jedenfalls im Korridor begegnet«, beharrte Miss Stroude. »Und sie ist definitiv nicht in Kabine 15 gewesen, als ich sie irrtümlicherweise betreten habe.«
Kapitän Brier kam zu dem Schluß, daß Miss Stroude vermutlich die Wahrheit sagte, da sie immerhin wußte, daß Miss Coston den Bridgetisch verlassen hatte, um ihre Zigaretten zu holen. Außerdem sprach für sie, daß sie noch immer das elegante, weiße Plisseekleid trug, das er bereits beim Frühstück an ihr bewundert hatte. Der Kapitän musterte seinen Zahlmeister und fragte sich insgeheim, ob der sein Bordjackett wirklich nur deshalb nicht angezogen hatte, weil er sich beeilt hatte in Kabine 15 zu kommen.
Der Kapitän stand plötzlich auf. »Ich habe eine Theorie, der ich gern nachgehen möchte. Es dauert nicht lange. Bitte warten Sie hier, Miss Stroude. Sie kommen mit mir, Mr. Frabe. Ich brauche Ihre Hilfe.«
Kapitän und Zahlmeister verließen die Kapitänskajüte durch eine Seitentür und gingen den Gang

entlang, der durch das Offiziersdeck führte. Vor der Kajüte des Zahlmeisters blieb der Kapitän stehen. Dann öffnete er die Tür, ging zusammen mit dem Zahlmeister hinein, schloß die Tür und sah sich aufmerksam in der Kajüte um. Über der Lehne des kleinen Ledersofas hing ein weißes Uniformjackett an dem eine Epaulette fehlte. Diese lag zusammen mit den Messingknöpfen daneben auf den Polstern.
»Wo ist das Jackett, das Sie getragen haben, als Sie Miss Stroude vor Miss Costons Kabine gesehen haben?«
Der Zahlmeister wurde blaß. Er deutete auf die Ledercouch. »Dort. Als Sie mich holen ließen, war ich gerade dabei, die neuen Besätze aufzunähen. Ich bin leider nicht mehr fertig geworden.«
Der Kapitän trat an den Kleiderspind, öffnete ihn und sah hinein. Er bückte sich, holte ein zusammengerolltes, weißes Bündel heraus, und machte es auf. Eine weiße Uniformjacke ohne Schulterstücke und Knöpfe kam zum Vorschein, die auf der Vorderseite einige rote Flecken hatte. Der Kapitän musterte den Zahlmeister mit grimmigem Blick.
»Wo sind die Perlen, Mr. Frabe?«
Der Zahlmeister war gespenstisch grau im Gesicht geworden. Wortlos zog er die oberste Schublade eines braunen Aktenschrankes auf, holte unter einem Stapel Formulare einen braunen, festen Umschlag hervor und gab ihn dem Kapitän. Dieser öffnete ihn, warf einen Blick hinein und sah dann den Zahlmeister an.
»Mr. Frabe, ich muß Sie bitten, bis zum Eintreffen der Polizei Ihre Kajüte nicht zu verlassen.«
»Käpt'n, bitte geben Sie mir eine Chance.« Der Zahl-

meister sah den Kapitän durch die Gläser seiner goldumrandeten Brille mitleidheischend an. »Ich habe sie nicht umgebracht. Sie ist an Herzversagen gestorben. Sie haben doch gehört, was der Arzt gesagt hat.«

»Ich habe auch gehört, daß Miss Keeling ihr Perlenkollier vermißt.«

»Ich habe an der Börse spekuliert und viel Geld verloren«, fuhr der Zahlmeister fort. »Die Kredithaie, die mir die Hinterlegungssummen finanziert haben, sind hinter mir her. Wenn ich nicht bald zahle . . .«

»Sie haben versucht, Miriam Stroude den Mord an Miss Coston in die Schuhe zu schieben.«

»Aber sie ist an allem schuld«, entgegnete der Zahlmeister voller Bitterkeit. »Als ich sie im Gang gehört habe, habe ich gedacht, es sei Salmon, der noch in den Kabinen zu tun hatte. Ich hatte Miss Coston und Miss Keeling am Bridgetisch im Salon allein zurückgelassen, und mich schnell im Badezimmer versteckt. Aber es ist dann doch nicht Salmon gewesen, dem ich ohne weiteres hätte erzählen können, daß ich die Wasserleitungen nach einem Leck untersuchen würde, sondern Miss Stroude. Und sie hat Miss Costons Kabine nicht irrtümlicherweise betreten. Sie ist nämlich geradewegs auf den Toilettentisch zugegangen. So viel konnte ich durch die Türritze sehen. Dann habe ich gehört, wie sie die Schublade geöffnet und wieder geschlossen hat und plötzlich zur Tür gelaufen ist. Miss Stroude ist eine gerissene Juwelendiebin. Daran besteht für mich kein Zweifel.«

»Und warum hat sie dann das Kollier nicht mitgenommen?«

»Ich vermute, daß sie im Gang ein Geräusch gehört

und sich gestört gefühlt hat. Hätte man sie überrascht und das Kollier vermißt, hätte ihr niemand die Ausrede abgenommen, daß sie sich in der Tür geirrt habe. Zu diesem Zeitpunkt dachte ich jedenfalls noch, sie sei mir zuvorgekommen, und wollte nach anderen Wertsachen suchen. Dabei habe ich dann entdeckt, daß das Kollier noch in der Schublade lag. Ich hatte die Perlen gerade in die Tasche gesteckt, als ich erneut Schritte im Gang gehört habe. Da mir keine Zeit blieb, den Schmuck zurückzulegen, habe ich mich wieder hinter der Badezimmertür versteckt. Kurz darauf hat Miss Coston die Kabine betreten.«

Der Zahlmeister strich sich erschöpft über den kahlen Kopf. »Sie kam ins Badezimmer. Ich habe es mit der Angst bekommen, kopflos eine Badebürste mit langem Stiel genommen und sie niedergeschlagen, bevor sie sich umdrehen und mich sehen konnte. Ich mußte zweimal zuschlagen.«

»Schade, daß Sie es nicht mit der Angst zu tun bekommen haben, bevor Sie Kabine 15 betreten haben«, bemerkte der Kapitän grimmig.

»Sir«, flehte der Zahlmeister. »Verraten Sie mich nicht. Niemand wird je etwas erfahren. Nach Einbruch der Dunkelheit werfe ich mein Jackett über Bord. Das habe ich sowieso vorgehabt. Niemand hat die Blutflecken darauf gesehen. Ich hatte es zusammengefaltet über dem Arm, als ich in meine Kajüte zurückgegangen bin. Diese Juwelendiebin soll selbst zusehen, wie sie sich aus der Affäre zieht. Mich wird niemand verdächtigen. Und selbst wenn es dazu kommen sollte, werde ich Sie aus dem Spiel lassen. Ich würde Sie bestimmt nicht bloßstellen.«

»Mr. Frabe, Sie tun mir leid . . . aber helfen kann ich

Ihnen nicht.«
Kapitän Brier rollte das Jackett zusammen, klemmte das Bündel unter den Arm und verließ die Kajüte des Zahlmeisters. Im Korridor blieb er einen Augenblick nachdenklich stehen. Wenn die Behauptung des Zahlmeisters stimmte, daß Miriam Stroude sich an der Schublade von Miss Costons Toilettentisch zu schaffen gemacht hatte, mußte sie tatsächlich eine Juwelendiebin sein. Doch auch darum würde sich am folgenden Tag die Polizei kümmern. Allerdings konnte es kein Fehler sein, Miriam Stroude schon vorher einige Fragen zu stellen.
Kapitän Brier fand Miriam in dem Stuhl in seiner Kajüte vor, wie er sie verlassen hatte. Der ganze Raum duftete inzwischen nach Veilchenparfüm. Miriam Stroude sah ihn hoffnungsvoll an. Der Kapitän warf das zusammengerollte Jackett auf den Aktenschrank, öffnete die oberste Schublade seines Schreibtischs, legte den braunen Umschlag hinein und machte die Schublade wieder zu.
»Das war das Perlenkollier«, erklärte er mit einer Kopfbewegung in Richtung Schublade.
Miriam Stroude sah ihn verdutzt an. »Wo haben Sie es gefunden?«
»In der Kajüte des Zahlmeisters.«
»Wollen Sie damit sagen, daß . . .?« Sie verstummte, als sei der Gedanke zu absurd, um ihn auszusprechen.
»Mr. Frabe war der Mann, der sich in Miss Costons Badezimmer versteckt hatte. Im Waschbecken hatte ein blutbeflecktes Gesichtshandtuch gelegen. Der Mörder mußte also blutige Hände, vielleicht sogar Blutspritzer im Gesicht und an der Kleidung gehabt

haben. Salmons Jacke war genau wie das Kleid, das Sie bereits den ganzen Vormittag tragen, fleckenlos weiß. Ausgerechnet der Zahlmeister ist in Hemdsärmeln erschienen. Das dort drüben ist sein Jackett. Es weist mehrere Blutflecken auf. Der Versuch, den Verdacht auf Sie zu lenken, war ein verhängnisvoller Fehler. Auf diese Weise hat er zugegeben, zur Tatzeit in der Nähe der Kabine 15 gewesen zu sein. Anderenfalls wäre ich nie auf die Idee gekommen, ihn zu verdächtigen.«

Miriam Stroude holte tief Luft. »Kapitän Brier«, begann sie ernst. »Sie haben mich aus einer scheußlichen Situation befreit. Ich kann Ihnen gar nicht sagen, wie dankbar ich Ihnen bin.«

Der Kapitän beobachtete Miss Stroude aufmerksam. »Warum haben Sie mir eigentlich verschwiegen, daß Sie die Schublade von Miss Costons Toilettentisch geöffnet haben, bevor Sie merkten, daß Sie in der falschen Kajüte waren?« fragte er schließlich.

»Das hat Ihnen natürlich der Zahlmeister erzählt«, murmelte Miriam Stroude verlegen. »Entschuldigen Sie. Ich hätte es Ihnen natürlich sagen müssen, aber ich wollte mich nicht noch verdächtiger machen, indem ich zugab, sogar schon diese Schublade geöffnet zu haben, bevor mir klar wurde, daß ich mich in der Tür geirrt hatte.«

»Es war sehr unklug, mir diese Information vorzuenthalten. Wenn die Polizei morgen gezwungen gewesen wäre, den Täter erst zu finden, hätte sie Sie sicher so lange unter Druck gesetzt, bis Sie es hätten zugeben müssen. Das hätte Sie Kopf und Kragen kosten können.«

»Ja, das ist mir jetzt auch klar«, sagte Miriam Stroude

kleinlaut.
»Verzeihen Sie, daß ich Ihnen diese Fragen zumuten mußte, Miss Stroude, aber unter den gegebenen Umständen hatte ich keine andere Wahl. Es war eine sehr unangenehme Pflicht. Ich hoffe, Sie verstehen das.«
Miriam Stroude stand auf. »Sie brauchen sich nicht zu entschuldigen. Ich habe mir das alles selbst zuzuschreiben.« Ihr Blick schweifte zur obersten Schublade von Briers Schreibtisch. »Miss Keeling wird sehr glücklich und erleichtert sein, wenn Sie ihr das Kollier bringen.«
Kapitän Brier musterte Miriam Stroude einen Augenblick aufmerksam, bevor er antwortete: »Das ist morgen die Aufgabe der Polizei. Ich werde den Beamten natürlich sagen, daß ich das Schmuckstück wiedergefunden habe und es aus Sicherheitsgründen in meinem Schreibtisch aufbewahre.«
»Sie wird Ihnen bestimmt sehr dankbar sein.«
Damit trat die junge Dame in das Sonnenlicht hinaus. Während der Duft nach Veilchen langsam verflog, stand Kapitän Brier grübelnd in seiner Kajüte. Falls Miss Stroude eine Juwelendiebin war, war sie außerdem eine ausgezeichnete Schauspielerin. Wenn es stimmte, daß sie bei ihrem ersten Versuch, das Kollier zu stehlen, gestört worden war, dann nahm sie möglicherweise einen zweiten Anlauf. Und sollte sie so dreist sein, das Schmuckstück aus seinem Schreibtisch stehlen zu wollen, wußte er, welchen Zeitpunkt sie dazu vermutlich wählen würde.
Kapitän Brier ließ sich das Mittagessen in seiner Kajüte servieren, da er den Fragen der erregten Passagiere aus dem Weg gehen wollte. Der Chefsteward

hatte ihm bereits telefonisch mitgeteilt, daß er in seinem Büro neben dem Speisesaal ständig von Passagieren bedrängt wurde. Der Kapitän verbrachte auch den größten Teil des Nachmittags in seiner Kajüte, wo er die Funksprüche bezüglich des Mordes entwarf, und die Papiere und Dokumente unterschrieb, die nötig waren, damit die ›Truxillo‹ am folgenden Tag Kingston, ihren Hafen in der Karibik, anlaufen konnte. Um Viertel vor vier ging er schließlich an Deck und sah unauffällig nach achtern. An der hinteren Reling lagen einige Passagiere in Deckstühlen und sonnten sich; in der Nähe der Brücke allerdings, dicht neben dem Schild, das den Passagieren den Durchgang zur Brücke untersagte, stand Miriam Stroude und starrte aufs Meer hinunter. Sie hatte sich inzwischen umgezogen und trug jetzt eine Hose, eine weite, flammend rote Bluse und, wie Kapitän Brier grimmig feststellte, weiße Turnschuhe mit Gummisohlen.

Der Kapitän schlenderte langsam in Richtung Brükkennock, betrat das Steuerhaus und beschleunigte dort plötzlich seine Schritte. Dem Ersten und Zweiten Offizier, die neben der Kaffeemaschine lehnten und sich unterhielten, rief er kurz zu, daß er sofort zurückkommen werde, und lief durch eine Tür in das Offiziersdeck und den Gang zu seiner Kajüte zurück. Er ging in sein Wohnzimmer und stellte sich hinter den Vorhang, der vor dem Durchgang zum Büro hing.

Im Büro des Kapitäns wurde es kurzzeitig dunkel, als sich ein Schatten vor den Eingang schob, durch das das grelle Sonnenlicht hereinfiel. Dann hörte er, wie die Schreibtischschublade geöffnet und wieder

geschlossen wurde. In diesem Augenblick trat Kapitän Brier hinter dem Vorhang hervor. Miriam Stroude, die eine kleine Ledertasche gegen die Brust gepreßt hielt, war bereits auf dem Weg zur Tür. Sie blieb abrupt stehen und sah den Kapitän verblüfft an.
»Sie haben sich natürlich wieder mal in der Tür geirrt«, sagte Kapitän Brier. »Die Kabinen sehen ja auch wirklich alle gleich aus.«
»Sie haben mich erwartet.«
Der Kapitän lächelte humorlos. »Es war nur wieder eine Theorie von mir. Der Zahlmeister verdächtigt Sie, eine Juwelendiebin zu sein. Er hat mir verraten, daß Sie heute morgen in Kabine 15 offensichtlich bei einem versuchten Diebstahl gestört worden sind. Wenn er recht hatte, dann konnte ich damit rechnen, daß Sie es ein zweites Mal versuchen würden. Und ich nahm an, daß sie dazu meine Kaffeepause auf der Brücke benutzen würden.«
»Und was wollen Sie jetzt tun?«
»Ich werde den Ersten Offizier anrufen und ihn bitten, Zeuge zu sein, wie ich Ihre Handtasche öffne.« Kapitän Brier ging an ihr vorbei zum Telefon.
»Bevor Sie telefonieren, schlage ich vor, daß Sie erst mal in Ihrer Schreibtischschublade nachsehen.«
Kapitän Brier warf seinem Passagier einen neugierigen Blick zu und zog dann die Schreibtischschublade auf. Der längliche, braune Umschlag lag noch an seinem Platz. Er öffnete ihn und sah hinein. »Jetzt interessiert es mich nur, was an meiner Theorie falsch war.«
»Ihre Theorie basiert auf einer falschen Tatsache. Der Verdacht des Zahlmeisters, was mich betrifft, ist richtig. Aber die Perlenkette, die Mr. Frabe Ihnen

ausgehändigt hat, ist eine billige Imitation, die ich zufällig bei mir hatte. Bis auf den mit Diamanten besetzten Verschluß ist sie dem Kollier von Miss Keeling sehr ähnlich. Ich habe jedenfalls Miss Keelings Schmuckstück mit dem meinen vertauscht. Da ich einen etwas skurrilen Humor besitze, hat mir die Vorstellung Vergnügen bereitet, daß Miss Keeling den Schwindel entdecken und dann Schwierigkeiten haben würde, alle Betroffenen zu überzeugen, daß es sich nicht um einen üblen Trick handelte, um Versicherungen und Schiffahrtsgesellschaften zu täuschen.

Der Zahlmeister hat die Angelegenheit kompliziert. Hätten Sie es der Polizei überlassen, die Imitation Miss Keeling zu übergeben, hätte sie den Schwindel sofort entdeckt und zweifellos Sie verdächtigt. Sicher hätten dann auch andere ihre Zweifel an Ihrer Integrität gehabt. Das durfte ich nicht zulassen. Deshalb habe ich die Perlenketten erneut vertauscht.«

»Das war sehr großzügig von Ihnen«, murmelte Kapitän Brier.

»Ich mußte mich auf diese Weise bei Ihnen bedanken«, fuhr Miriam Stroude fort. »Denn anfangs konnte ich Ihnen die Wahrheit ja nicht sagen, ohne mich zu verraten. Jetzt war ich dazu allerdings gezwungen, denn ich mußte verhindern, daß Sie eine falsche Anschuldigung gegen mich erheben und sich lächerlich machen.

Um Ihnen weitere Peinlichkeiten zu ersparen, werde ich morgen in Kingston Ihr Schiff verlassen und nach New York zurückfliegen. Noch einmal vielen Dank, Kapitän Brier. Ich bin vorbestraft. Sie können sich vorstellen, wie gering meine Chancen gewesen

wären, einen Mordverdacht von mir abzuwenden. Leben Sie wohl, Kapitän Brier.«
Damit trat Miriam Stroude in den Sonnenschein hinaus, und der Duft von Veilchen verging langsam in der Kapitänskajüte.

Ein wirklich menschlicher Mörder

Donald Honig

Ich wartete mit unsicherem Gefühl auf der Veranda hinter dem Haus. Es war stockfinster und unheimlich still. Die Bäume schienen mich mißbilligend zu beobachten, so als wüßten sie, daß ich etwas Verbotenes vorhatte. Sogar der Wind hatte sich gelegt. Oben hinter dem Fenster im ersten Stock schnarchte Pa.

Obwohl inzwischen erst eine Viertelstunde vergangen war, hatte ich das Gefühl, schon seit einer Ewigkeit auf der Veranda zu stehen. Ich war um zehn vor zwölf aus dem Bett geklettert, und fünf Minuten, nachdem ich auf die Veranda hinausgegangen war, hatte es auf der anderen Seite der Wiesen Mitternacht geläutet. Ein bißchen hatte ich gehofft, daß Pete nicht erscheinen würde. Aber damit war kaum zu rechnen. Jedenfalls war er ständig noch spät abends unterwegs. Er war überhaupt der einzige, der so spät noch draußen bleiben durfte; das heißt, vielleicht durfte er es gar nicht. Trotzdem war er immer unterwegs und dachte sich irgendeinen Unfug aus.

Pete hatte den Mörder gestern nacht gesehen und mir davon am Nachmittag erzählt, als ich Pas Pferd vor dem Dooley-Haus zur Tränke geführt hatte. Er hatte versprochen, mich in dieser Nacht mitzunehmen.

Vorausgesetzt, es gelang mir, unbemerkt fortzukommen. Wir mußten mit dem Unternehmen bis Mitternacht warten, denn der Mörder durfte uns auf keinen Fall sehen. Er sollte bald gehängt werden, und jeder weiß schließlich, daß es Unglück bringt, wenn man von jemandem angesehen wird, der gehängt werden soll. Bei Tageslicht konnten wir also nicht zu ihm, da er uns dann sicher entdeckt hätte. Wir mußten warten, bis er schlief. Natürlich wollte ich ihn unbedingt sehen. Ich war nie zuvor einem Mörder begegnet, und wollte mir diese Gelegenheit um keinen Preis entgehen lassen.

Dann hörte ich Pete kommen. Er näherte sich durch das Ulmenwäldchen auf der gegenüberliegenden Seite der Straße. Ich lief die Treppe von der Veranda hinunter und quer über den Hof, kletterte über den Zaun und traf ihn in der Straßenmitte. Über den Baumwipfeln war inzwischen ein fahler Vollmond aufgegangen. Es war beinahe taghell.

»Ich hab's geschafft«, flüsterte ich.

»Na, prima«, sagte Pete. Er hatte die Daumen in die Hosenträger gehakt, und trug auf dem Kopf die Mütze der Nordstaatenarmee, die Clay Taylor ihm vor kurzem aus Virginia mitgebracht hatte. Pete war der einzige in Capstone, der eine solche Mütze besaß, und er hätte sie für nichts auf der Welt hergegeben. Er behauptete, sie zu tragen sei schon fast so schön wie gegen die Rebellen zu kämpfen. Der Krieg ging damals ins zweite Jahr.

Wir liefen zur Kreuzung hinunter und dann die verlassene Grant Avenue entlang, die im hellen Mondlicht vor uns lag.

»Bist du sicher, daß er uns nicht sieht«, erkundigte

ich mich.
»Mach dir deswegen keine Sorgen«, entgegnete Pete. Wir gingen auf der Grasnarbe zwischen den Radfurchen entlang.
»Wie oft hast du ihn dir schon angesehen?«
»Zweimal«, antwortete Pete. »Gestern und vorgestern nacht.«
»Wie ist er?«
»Wart's ab. Heute nacht siehst du ihn gut. Vollmond ist genau das, was wir brauchen.«
Das Gefängnis war ein langes, rechteckiges Gebäude, das etwas abseits der anderen Häuser lag. Weiter unten kamen dann das Dooley-Haus, *Gibson's Bar* und die Geschäfte. Letztere lagen jetzt dunkel und verlassen, sehr verlassen da.
Wir schlichen um das Gefängnis herum zur Rückseite, wo hoch oben in der weißgetünchten Wand die kleinen Zellenfenster waren. Pete hatte das Regenfaß unter eines der Fenster gerollt. Dort befand sich die Zelle des Mörders. Pete kletterte als erster auf das Faß, zog sich hoch, preßte das Gesicht gegen die Gitterstäbe und sah hinein.
»Ist er da?« flüsterte ich aufgeregt.
»Sssst!«
»Laß mich auch rauf!«
Pete machte Platz. Ich kletterte hinauf, packte Petes Gürtel, zog mich hoch, hielt mich an den Gitterstäben fest, wagte kaum noch zu atmen und sah ins Fenster hinein.
Der Mörder lag auf dem Rücken auf seiner Pritsche und schlief. Der Mond schien hell durchs Fenster, so daß er deutlich zu sehen war, und ich in ihm den Mann namens Jimmy Grover erkannte, dem ich

manchmal in der Stadt begegnet war. Allerdings war er dann meistens betrunken gewesen. Der Mann war nicht groß, und untersetzt, und hatte einen kurzen Bart, der seinem Gesicht einen melancholischen Ausdruck verlieh. Die Hände hatte er auf der Brust gefaltet. Er sah aus, wie schlafende Mörder eben aussehen.

»Das ist er«, flüsterte Pete.

»Was Besonderes ist er nicht«, bemerkte ich.

Dann machte Grover die Augen auf. Die Lider hoben sich langsam und geheimnisvoll, und er starrte geradewegs zum Gitterfenster hinauf und in unsere Gesichter. Mit offenen Augen sah er noch trauriger . . . fast wie tot aus. Die Art, wie er die Augen aufgemacht hatte, war geradezu unheimlich. Er hatte uns gesehen, oder vielmehr uns ertappt, und nun hielt er uns mit seinem Blick fest, und wir konnten nichts dagegen unternehmen. Wir waren einfach unfähig uns zu bewegen, und starrten ihn nun unsererseits an, während unsere Hände noch immer krampfhaft die Gitterstäbe umklammert hielten.

Zuerst war sein Blick so ausdruckslos, als gehörten unsere Gesichter hinter dem Gitterfenster noch zu seinem Traum. Dann trat ein verwunderter Ausdruck in seine Augen, und ich merkte, wie ein Zittern durch seinen Körper ging. Doch er bewegte sich immer noch nicht. Ich glaube, wenn er sich in diesem Moment bewegt, wenn er nur die Hände von der Brust genommen hätte, wären wir rücklings vom Faß gefallen.

Er fand als erster seine Sprache wieder.

»Was wollt ihr?« Das klang ängstlich und ein wenig

ungehalten.
Keiner von uns beiden brachte ein Wort heraus. Der Mörder wiederholte die Frage, und diesmal klang seine Stimme nicht mehr so streng.
»Gar nichts«, erwiderte Pete.
»Aber das ist unmöglich! Ihr wollt doch was von mir«, beharrte der Mörder.
»Nein, wirklich nicht«, versicherte Pete ihm.
Jetzt bewegte sich der Mörder langsam, geradezu auffällig langsam. Offenbar wollte er uns nicht erschrecken. Er setzte sich auf seiner Pritsche auf und musterte uns aufmerksam.
»Ihr seid gekommen, um mich anzuschauen, stimmt's?« fuhr er fort. »Offenbar haltet ihr mich für ein seltenes Lebewesen.«
»Ja, Sir«, erwiderte Pete, um höflich zu sein, ohne ihm ausdrücklich zuzustimmen.
»Falls ihr gekommen seid, um einen Mörder zu sehen, war eure Mühe umsonst«, erklärte der Mann, saß im Mondschein auf der Pritsche und starrte uns an, als seien wir die seltsamen Lebewesen.
»Soll das heißen, daß Sie gar kein Mörder sind?« fragte ich.
»Ich hab' noch nie jemand umgebracht«, erwiderte er.
»Warum sind Sie dann im Gefängnis?« erkundigte sich Pete.
»Die Gefängnisse sind voll von Unschuldigen.«
»Aber alle sagen, daß Sie ein Mörder sind«, beharrte Pete eigensinnig.
Der Mann begann uns seine Version dessen zu erzählen, was einige Tage zuvor geschehen war, als das Unheil seinen Lauf nahm.

»Eddie Larsen und ich hatten ganz schön getankt«, berichtete er. »Wir haben uns bei Gibson eine Flasche besorgt und uns damit in blendender Laune in Richtung Moor aufgemacht. Unterwegs sind wir dann den Damen Tabers und Doktor Howell begegnet, und Eddie hatte wieder seine Tour und hat die Herrschaften so angepöbelt, daß ich ihn mit einem Schlag auf den Kopf zur Vernunft bringen mußte. Er hat mich dafür angebrüllt, und wir sind schreiend und schimpfend in den Wald. Das haben die Damen Tabers und der Doktor ausgesagt, und das hat soweit auch gestimmt. Falsch sind allerdings nur die Schlüsse gewesen, die sie daraus gezogen haben.«

»Man kann es den Leuten nicht verübeln, wenn sie sich ihren Teil denken«, sagte Pete.

»Vielleicht hast du recht. Aber man kann jemand doch nicht aufgrund von absurden Schlußfolgerungen einfach aufknüpfen«, entgegnete Jimmy hitzig. Schließlich fuhr er fort: »Wenn ihr wollt, erzähle ich euch den Rest.«

»Okay, fangen Sie an!« forderte ich ihn auf.

»Also, Eddie und ich haben die Flasche ausgetrunken, und er wollte dann losziehen, um Nachschub zu holen. Er hat behauptet, Mattick habe noch was in seinem Schuppen, und da könne er eine Flasche klauen. Ich war prima in Stimmung, aber noch völlig klar. Das kannst du nicht machen . . . das Eigentum eines anderen mopsen, Eddie, habe ich ihm gesagt. Aber Eddie hatte einen schrecklichen Dickschädel. Dagegen war kein Kraut gewachsen. Das Letzte, was ich von ihm gesehen habe, war, wie er die Straße in Richtung zu Matticks Hof

entlang geschwankt ist. Das nächste, was ich weiß, ist, daß sie mich zwei Stunden später verhaftet haben ... Ich soll einen Mord begangen haben! Dabei haben sie nicht mal eine Leiche gefunden.«
»Aber dafür 'ne Menge Blutspuren auf den Steinen am Straßenrand«, warf Pete ein.
»Das sind keine Beweise«, behauptete Jimmy.
»Sie sagen, daß Sie ihn umgebracht und irgendwo begraben haben«, beharrte Pete.
»Ich weiß, was die sagen, Junge. Aber ich sage dir, daß das Lügner sind.«
»Es heißt, daß Sie so schrecklich betrunken gewesen sind, daß Sie nicht gewußt haben, was Sie tun ... und sich deshalb auch nicht erinnern können«, entgegnete Pete.
»Das behaupten die ... Aber das sind keine Beweise«, verteidigte sich Jimmy. Er stand auf und straffte in würdevoller Haltung die Schultern. Sein Oberkörper war vom Mondlicht beleuchtet, die Beine lagen im Dunkeln. »Vor euch steht ein Unschuldiger, Jungs«, erklärte er.
»Aber wer ist denn dann der Mörder?« wollte ich wissen.
»Keine Ahnung«, antwortete Jimmy.
»Aber Sie müssen's ausbaden«, sagte Pete.
»Wenn kein Wunder geschieht«, seufzte Jimmy.
»Na, warten Sie's ab«, schlug Pete vor. »Vielleicht passiert doch noch ein Wunder.«
Wir stiegen vom Faß und gingen davon.
»Ich weiß nicht«, begann Pete. »Aber ich glaube, er ist unschuldig.«
»Unschuldig oder nicht, sie werden ihn hängen. Das hat Pa gestern gesagt.«

»Das gefällt mir nicht«, murmelte Pete grübelnd.
»Einer kann durchaus unschuldig aussehen und doch ein Spitzbube sein«, warf ich ein.
»Oder auch nicht. Eines sage ich dir, Gascius, nachdem sie mal einen Mann gehängt haben, hilft es ihm auch nichts mehr, wenn sich später rausstellt, daß er doch unschuldig gewesen ist. Sie können einen Park oder ein Pferderennen nach ihm benennen, aber das macht den armen Burschen auch nicht mehr lebendig.«
»Aber wenn er wirklich unschuldig ist, wo ist dann Eddie Larsen? Er ist jetzt schon seit einer Woche verschwunden.«
»Der kann überall sein. Vielleicht wartet er, bis sie den guten alten Jimmy aufgeknöpft haben und kommt dann aus den Wäldern und findet, daß er sich einen prima Spaß geleistet hat. Manche Leute haben diese Art von Humor.«
»Und was können wir da tun?« fragte ich.
»Darüber sollten wir gründlich nachdenken«, erwiderte Pete und hakte die Daumen in die Hosenträger.
Ich wußte, daß sich Pete etwas ausdenken würde. Und diese Vorstellung war ebenso verlockend wie beängstigend, da Pete in seiner Genialität häufig jede Vernunft und Vorsicht außer acht ließ. Seine Ideen klangen manchmal, als seien sie aus einem Alptraum entstanden.
Ich glaube, der gute alte Jimmy tat mir irgendwie leid. Die Justiz in Capstone arbeitete in den sechziger Jahren schnell und effektiv. Die öffentliche Meinung ... und die wurde aus den Vorurteilen der Männer gebildet, die täglich auf Dooleys Veranda

saßen . . . entschied praktisch, ob ein Angeklagter schuldig oder unschuldig war. Die Gerichtsverhandlung war demnach eigentlich nur eine reine Formalität. Wenn eine größere Anzahl von Männern sagte: ›Ich denke, Jimmy Grover hat Eddie Larsen umgebracht‹, war das auch so. Jimmy Grovers Anwalt konnte sich dann auf den Kopf stellen, er hatte keine Chance.
Auch der Galgen für Jimmy war schon gezimmert und aufgestellt, und es sah so aus, als sollte er tatsächlich daran baumeln.

Am folgenden Tag, kurz nach dem Mittagessen, steckte Pete plötzlich seinen Kopf aus dem Gebüsch hinter unserem Hof. Seine Mütze der Nordstaaten trug er auf dem Kopf. Mehr tat er nicht, sagte auch kein Wort und war im nächsten Augenblick wieder verschwunden. Trotzdem wußte ich, was zu tun war. Ich ging über den Hof und kroch ins Gebüsch.
»Gehen wir«, sagte Pete zu mir, und ich folgte ihm über die Straße und in das Ulmenwäldchen, wo es trotz der Mittagshitze angenehm kühl war. Als wir schließlich stehen blieben, sah ich, daß er drei Dinge in einer Hand hielt: einen Hammer, einen Meißel und ein Signalhorn.
Diese Kombination kam mir merkwürdig vor. »Was willst du mit dem Zeug?« fragte ich.
»Wir holen den guten alten Jimmy aus dem Gefängnis«, erklärte Pete. Ich fragte erst gar nicht, wozu er dabei das Werkzeug und das Musikinstrument brauchte. Die Antwort hätte vermutlich sowieso keinen Sinn ergeben. Deshalb trottete ich nach alter Gewohnheit einfach hinter ihm her und wartete

geduldig auf die große Erleuchtung.
Als das Gefängnis in Sicht kam, zog Pete mich plötzlich hinter den Mietstall.
»Also, jetzt hör mir mal zu«, begann er und drückte mir das Jagdhorn in die Hand. »Ich weiß, daß du auf dem Ding spielen kannst. Du gehst jetzt da rein und bringst dem Sheriff ein Ständchen.«
»Ein was?«
»Spiel ihm einfach das Zeug vor, das du beim letzten Picknick vor der ganzen Stadt zum besten gegeben hast. Geh rein und mach möglichst viel Krach.«
»Was ist, wenn er mich rauswirft?«
»Sag ihm einfach, daß du unbedingt in einem geschlossenen Raum fürs Kirchenfest am Samstag üben mußt. Der Sheriff hat ein Herz für seine Mitmenschen. Er läßt dich bestimmt so lange spielen, wie er's aushalten kann. Bis dahin habe ich die Gitterstäbe rausgebrochen und Jimmy befreit. Also, mach schon!«
Ich ging zum Gefängnis und stieg die Stufen zur Veranda hinauf. Die Apfelweinfässer, auf denen normalerweise die Männer saßen, standen verlassen da. Wenn jemand im Gefängnis war, der gehängt werden sollte, wollte sich niemand dort aufhalten. Ich machte die Tür auf und sah, daß der Sheriff gerade aus dem Gang kam, der zwischen den Zellen hindurchführte.
»Hallo, Cascius«, begrüßte er mich.
»Kann ich mal mit meinem Jagdhorn hier üben, Sheriff?« bat ich. »Ich muß beim Tanz am Samstagabend spielen und kann nirgends auf meinem Horn blasen. Zu Hause haben sie mich rausgeworfen.«
»Tja, also«, begann der Sheriff nachdenklich und schien einen Augenblick unschlüssig, was er ant-

worten sollte. »Es könnte sich natürlich jemand wegen seelischer Grausamkeit beschweren, aber wir haben nur einen Gefangenen, und der wird sowieso bald hängen. Viel kann also nicht passieren.«

Ich stellte mich daraufhin breitbeinig im Zimmer auf, holte tief Luft, setzte das Jagdhorn an und blies ein paar Militärsignale, die mein Onkel Herm mir beigebracht hatte. Das war dem Sheriff doch zuviel, und er ging hinaus und setzte sich auf ein Faß, während ich das ganze Gebäude mit herrlichem Blechklang erfüllte. Ich war froh, daß der Sheriff im Freien war, denn jedesmal, wenn ich absetzte, um Luft zu holen, hörte ich Pete an der rückwärtigen Gefängnismauer eifrig hämmern und klopfen. Nach einer halben Stunde tat mir dann der Kopf weh und ich hatte das Gefühl, beim nächsten Luftholen unweigerlich zu platzen, so daß ich aufhörte. Ich horchte angestrengt, konnte Pete jedoch nicht mehr hören. Schließlich ging ich hinaus. Sheriff Rice hatte sich inzwischen bereits auf der gegenüberliegenden Straßenseite unter einem Baum niedergelassen.

»Fertig, Gascius?« rief er herüber.

»Ja«, antwortete ich. »Und herzlichen Dank . . . Wirklich, tausend Dank, Sheriff!«

»Du hast verdammt schön geblasen«, sagte der Sheriff und kam über die Straße. Ich beobachtete erleichtert, daß er sich auf die Verandatreppe setzte. Es war gut, daß er nicht sofort wieder in das Gefängnis hineinging.

Ich schlenderte die Straße hinunter, setzte meine Füße lässig in den Staub, kehrte dann um, lief zum

Mietstall zurück und rannte von dort so schnell ich konnte zur Rückseite des Gefängnisses. Dort erwartete mich ein wahrlich ungewöhnliches Bild. Pete hatte zwar die Gitterstäbe vor dem Fenster herausgebrochen, doch der etwas füllige Jimmy steckte ungefähr in Taillenhöhe im schmalen Fensterrahmen fest und ruderte wild mit den Armen, während Pete unter ihm auf und ab hüpfte und jedesmal verzweifelt an seinen Armen zerrte. Viel konnte er offenbar jedoch nicht ausrichten.

Dann sah Pete mich. Er nahm seine Armeemütze ab und schwenkte sie mehrmals durch die Luft, um mich zur Eile anzutreiben.

»Wir müssen ihn da rausbringen!« empfing er mich erregt.

Ich steckte das Jagdhorn in meinen Hosenbund.

»Los, pack ihn am linken Arm. Ich nehme den rechten«, erklärte Pete. »Und halte ihn ja gut fest! Paß auf, jetzt holen wir ihn raus.«

»Vorsicht, Jungs! Immer mit der Ruhe«, warnte der wild rudernde Jimmy.

»Halten Sie 'ne Weile die Luft an«, wies Pete ihn an.

Dann zogen wir mit aller Kraft. Zuerst sah es so aus, als würde er sich überhaupt nicht bewegen, dann hatte ich Angst, wir könnten ihn in der Mitte auseinanderreißen, und plötzlich knackte und krachte das Mauerwerk, und Jimmy flutschte in einer Staubwolke so unerwartet und schnell heraus, daß wir auf den Rücken fielen. Jimmy segelte durch die Luft und landete bäuchlings zwischen uns.

Wir blieben einen Augenblick erschöpft und völlig verdutzt liegen. Jimmy stöhnte, als er versuchte,

aufzustehen.
»Was ist los?« erkundigte sich Pete, als wir aufsprangen und den Staub aus unseren Hosen klopften.
»Mein Fuß«, jammerte Jimmy. »Ich kann nicht auftreten.«
Er war offensichtlich im Fensterrahmen mit dem Fuß hängengeblieben und hatte sich den Knöchel verrenkt. Pete und ich halfen ihm auf und nahmen ihn zwischen uns. Jimmy stützte sich mit beiden Armen auf unsere Schultern und hüpfte auf einem Bein mit uns in Richtung Wald davon. Wir brachten ihn zu einem abgelegenen und von Büschen geschützten Platz im Ulmenwäldchen und setzten ihn am Bach nieder.
»Das hätten wir«, seufzte Pete zufrieden. »Wenigstens haben Sie hier frisches Wasser, bis wir Ihnen ein Pferd beschafft haben.«
»Mein Fuß tut verdammt weh«, stöhnte Jimmy, legte sich zurück und schloß die Augen. Mit seinen weiß gepuderten Kleidern und seiner zerrissenen Hose bot er einen seltsamen Anblick.
Schließlich schlug Jimmy die Augen wieder auf. In der Sonne tanzten die Schattenflecken der Blätter über sein Gesicht. Er sah uns an, und seine Augen füllten sich mit Tränen.
»Ich schätze, ich stehe tief in eurer Schuld, Jungs«, sagte er.
»Schon gut«, wehrte Pete großzügig ab. »Bleiben Sie hier nur ruhig liegen. Wir sehen uns inzwischen nach einem Transportmittel für Sie um. Hier im Gebüsch sind Sie sicher.«
Wir verließen ihn und machten uns auf den Rückweg in die Stadt.

»Wo sollen wir ein Pferd herkriegen?« fragte ich Pete schließlich.
»Weiß ich auch noch nicht«, erwiderte Pete. »Von irgendeinem unvorsichtigen Zeitgenossen, schätze ich. Wir müssen nur die Augen offenhalten.«
Inzwischen war die Stadt bereits in heller Aufregung. Männer rannten durch die Straßen, eine Gruppe von Reitern sammelte sich vor Dooleys Haus, und der Staub wurde meterhoch aufgewirbelt.
»He! Was ist denn hier los?« fragte Pete einen Jungen im Overall.
»Der alte Jimmy ist entwischt!« antwortete er atemlos.
Irgend jemand brüllte: »Wir hätten ihn hängen sollen, solange wir ihn noch hatten!«
Ich hatte in Capstone noch nie eine solche Betriebsamkeit erlebt. Alle waren plötzlich auf der Straße: die Ladenbesitzer in ihren Schürzen, sogar die Stammgäste aus dem Saloon, die sonst das Tageslicht scheuten, und alle Farmer mit ihren Söhnen. Jeder, der ein Pferd hatte, saß im Sattel, so daß weit und breit kein Pferd ohne Reiter zu entdecken war. Der Sheriff ging mit seinen Deputies an uns vorbei. Er sah mich an. Ich erschauderte, doch der Sheriff setzte unbeirrt und arglos seinen Weg fort und sprang mit grimmig entschlossener Miene auf einen Wagen, auf dem bereits Männer mit Gewehren saßen. In diesem Augenblick sprang Eddie Larsens Vater auf Dooleys Veranda und schrie: »Alle mal herhören!« Er streckte zwei Finger in die Luft.
»Ich biete zweihundert Dollar Lösegeld für denjenigen, der ihn tot oder lebendig zurückbringt.«
Ich sah Pete an. Sein Gesicht sprach wie immer

Bände. Er strahlte.
»Das kannst du nicht machen, Pete«, sagte ich.
Aber er hatte mich bereits am Arm gepackt und schob mich in eine ruhige Seitenstraße. »Ich habe nicht gesagt, daß ich's tun würde. Aber überleg doch mal, wieviel Klamotten und steife Hüte und schicke Pferdewagen sich ein Mann dafür kaufen kann! Außerdem sieht es ganz so aus, als würden sie den guten alten Jimmy sowieso schnappen. Wär doch jammerschade, wenn ein dämlicher Farmer unser Geld einschiebt, findest du nicht?«
»Nein, das finde ich nicht«, entgegnete ich. Pete hatte seine Schritte beschleunigt, und wir näherten uns schnell dem Wald. Ich hatte Mühe, mit ihm Schritt zu halten. »Du kannst das nicht machen!« wiederholte ich.
»Jetzt hör mir mal zu!« begann er. »Wer weiß denn, ob er wirklich unschuldig ist? Er behauptet das natürlich. Vermutlich hat er es sich solange eingeredet, bis er's selbst geglaubt hat. Wir sind allein gegen die ganze Stadt! Die Chance, daß wir recht und alle anderen unrecht haben, ist doch gering, oder?«
»Ich bin dagegen!« beharrte ich.
»Dann gehören die zweihundert Piepen eben mir allein.«
»Es ist Blutgeld!«
»Und er ist wahrscheinlich ein Mörder! Je mehr ich es mir überlege, desto überzeugter bin ich.«
Er war von dieser Idee besessen, und dagegen war nichts zu machen. Ich sagte ihm, daß ich damit nichts zu tun haben wollte. Pete ging weiter durch den unheimlichen Ulmenwald, und ich setzte mich

auf einen Baumstumpf, legte die Hände in den Schoß und versuchte mir einzureden, daß das Ganze nur ein böser Traum war. Ich hielt das für eine Methode, mein schlechtes Gewissen zu beruhigen.

Dann hörte ich Pete plötzlich pfeifen. Ich dachte, er habe seine Meinung geändert, sprang auf und lief zu ihm. Doch ich hatte mich geirrt. Als ich zum Bach kam, stand Pete neben Jimmy, der friedlich schlafend auf dem Waldboden lag.

»Ich habe ihm einen Schlag mit dem Meißel verpaßt«, berichtete Pete. »Er hat mich nicht mal gesehen.«

»Du hast ihn vielleicht umgebracht.«

»Es ist ein großer Unterschied, ob man einen Mann nur niederschlägt, oder ob man ihn umbringt«, erklärte Pete. »Hilf mir jetzt gefälligst, ihn fortzubringen, wenn du hundert Dollar haben und ein Held sein willst.«

Wir nahmen den alten Jimmy also bei den Hand- und Fußgelenken, hoben ihn hoch und machten uns mit ihm auf den Weg durch den Wald.

»Die Sache gefällt mir überhaupt nicht«, bemerkte ich.

»Du bist auch kein Heiliger«, entgegnete Pete. »Allein dafür, daß du dich da mit deinem dämlichen Jagdhorn produziert hast, können sie dich einsperren.«

Wir schleppten Jimmy zum Gefängnis zurück und legten ihn im Hinterhof nieder.

»Wir bringen ihn jetzt am besten zum Vordereingang«, überlegte Pete.

»Ich will dir mal was sagen«, begann ich. »Sobald sie

ihn sehen, knüpfen sie ihn auf. Und wenn man so was noch nie gesehen hat, dann ist das weiß Gott kein schöner Anblick; und du mußt da stehenbleiben und zuschauen, obwohl du die ganze Zeit daran denken mußt, daß du daran schuld bist.«

Das schien Pete einigermaßen zu ernüchtern. Er sah auf Jimmy hinunter und nickte plötzlich wie ein Mann mit dem Kopf, dem klar wird, daß er in der Patsche sitzt.

»Ich glaube, das machen sie tatsächlich«, murmelte er.

»Im Augenblick sind sie wenigstens in einer ziemlich gefährlichen Stimmung.«

»Was sollen wir nur tun?«

»Das, was wir zuerst tun wollten . . . ihm zur Flucht verhelfen«, antwortete ich. »Und als erstes sollten wir ihn von hier fortschaffen.«

»Du hast gar nicht so unrecht«, gab Pete zu, und bei einem Pete Mariah kam das einer Kapitulation gleich. »Du bist der erste, der mir was ausgeredet hat, das ich mir fest in den Kopf gesetzt hatte.«

»Wird auch gut sein«, murmelte ich.

»Ich gehe jetzt mal nach vorn und sehe nach, was da los ist.«

Während Pete verschwand, zog ich Jimmy zum Waldrand hinüber und versteckte ihn im Gebüsch. Er schlief noch immer selig und fest. Pete hatte offenbar eine kräftige Handschrift.

Wenige Minuten danach kam Pete im Laufschritt zurück, drehte seine Schildmütze herum, sprang mit einem Satz in die Büsche und kauerte sich neben mir nieder.

»Mann, wir haben vielleicht Glück!« berichtete er.

»Vor dem Dooley-Haus steht ein Wagen mit einem Gespann. Ich werde mich auf den Bock schwingen und das Fuhrwerk unauffällig hinter den Mietstall fahren. Du schleppst Jimmy inzwischen dorthin. Dann laden wir ihn auf und fahren ihn nach Shantytown. Die dort unten sind doch geradezu versessen darauf, flüchtige Gefangene zu verstecken.«

»Es gelang mir schließlich mühsam, Jimmy ins hohe Gras hinter dem Mietstall zu zerren. Bei dem Gedanken an die möglichen Folgen meines Tuns begann ich nervös zu werden. Was sollte ich machen, wenn man mich entdeckte? Eines mußte man Pete Mariah lassen. Mit Grübeleien über die Konsequenzen seiner Handlungsweise belastete er sich nie. Man mußte schon furchtlos auf die Welt gekommen sein, um das zu können. Wäre ich allerdings ein ebenso geschickter Lügner wie Pete, könnte ich ihm sicher das Wasser reichen. Wenn es die Situation erforderte, dann war Pete unglaublich gerissen. Ich versteckte mich also mit Jimmy, ohne mir eine Lüge oder Ausrede für den Fall zurechtgelegt zu haben, daß man mich entdeckte. Schließlich legte ich das Ohr an Jimmys Brust und stellte erleichtert fest, daß er noch lebte. Seine Herztöne wurden von einem Geräusch begleitet, das wie das Rascheln von trockenem Stroh klang.

Nur wenige Minuten später kam Pete mit dem Pferdefuhrwerk schneidig um die Kurve, hielt hinter dem Mietstall an und schwang sich von Kutschbock.

»Okay, laden wir ihn auf!« sagte er.

»Ist es nicht ziemlich riskant, mit ihm durch die ganze Stadt zu fahren?« fragte ich.

»Nee, das ist kein Problem«, wehrte Pete ab. »Wir haben schon wieder Glück gehabt.«
Diesmal war uns das Glück in einer Form einer rechteckigen Holzkiste hold, die auf dem Wagen stand und in meinen Augen wie ein Sarg aussah. Ich war, offen gestanden, schon beinahe sicher, daß es sich wirklich um einen Sarg handelte, als Pete mit Meißel und Hammer, die uns inzwischen wahrlich gute Dienste geleistet hatten, den Deckel öffnete, und wir entdeckten, daß die Kiste nur mit einigen schweren Steinen gefüllt war. Wir warfen die Steine ins Gebüsch und legten Jimmy hinein. Er paßte erstaunlich gut hinein. Schließlich bohrte Pete einige Löcher in die Seitenwand, damit Jimmy genügend Luft bekam, und nagelte den Deckel wieder zu.
»Siehst du, jetzt können wir quer durch die Stadt fahren und brauchen uns nicht mehr Sorgen als unbedingt nötig zu machen.«
Wir stiegen auf. Pete nahm die Zügel und lenkte den Wagen auf die Seitenstraße. Kurz darauf bogen wir auf die Grant Avenue ein und fuhren am Dooley-Haus vorbei. Gerade diese Strecke war besonders riskant, da wir nicht wußten, wem das Pferdefuhrwerk eigentlich gehörte. Schließlich hatten wir es passiert und näherten uns der Anhöhe. Hinter dem höchsten Punkt ging es dann nur noch bergab, und wir legten Tempo zu. Wir rollten ratternd und holpernd über den unebenen Weg in Richtung Shantytown hinunter, wo nur Leute mit schlechtem Ruf wohnten.
Wir hatten bereits ein gutes Stück Weg zurückgelegt, als hinter uns lautes Rufen ertönte. Als wir uns

umdrehten, sahen wir sieben oder acht Reiter hinter uns hergaloppieren.
»Die hängen wir doch nicht ab«, sagte Pete bedauernd und hielt an. Ängstlich und schweigend warteten wir auf dem Kutschbock, während das Hufgetrappel immer lauter wurde. Schließlich waren wir von Reitern umringt. Der Hilfssheriff Ned Casey und Jack Mattick und noch einige andere, die ich kannte, waren darunter.
»Ist das dein Fuhrwerk?« fragte Casey Jack Mattick.
»Ja. Wir wollten noch einen Abschiedstrunk nehmen und haben es vor dem Dooley-Haus abgestellt. Als wir wieder rausgekommen sind, war's verschwunden.«
»Wir haben das herrenlose Gespann mit dem Wagen hinten am Waldrand entdeckt und aufgehalten«, erklärte Pete mit unvergleichlicher Gelassenheit. »Es hatte sich offensichtlich selbständig gemacht. Wir dachten allerdings, daß es jemand von dort unten gehört.«
»Es gehört Mattick«, sagte Casey. Die Blicke aller waren auf die Kiste auf dem Wagen gerichtet, und die Vorstellung, Jimmy könne sich diesen günstigen Augenblick aussuchen, um aufzuwachen und Krach zu schlagen, war alles andere als angenehm. Doch es geschah nichts. Wir sprangen vom Wagen und blieben am Waldrand stehen. Ich sah Pete an. Seine Miene drückte nur grenzenlose Unschuld aus. Hammer und Meißel trug er noch immer deutlich sichtbar im Gürtel, doch niemand machte eine diesbezügliche Bemerkung.
Mattick stieg vom Pferd, band es hinten an den Wagen, kletterte auf den Kutschbock, nahm die Zügel

und ließ sie schnalzen.
»Ich denke, wir können unsere traurige Pflicht jetzt endlich tun«, sagte er. Dann wendete er den Wagen und fuhr langsam die Anhöhe wieder hinauf. Die Reiter folgten ihm mit ernsten Gesichtern.
Wir gingen in respektvollem Abstand hinterher und beobachteten, wie der Wagen die Straße entlangholperte. »Wir müssen am Ball bleiben, bis sie die Kiste irgendwo abstellen«, erklärte Pete.
»Was ist, wenn er plötzlich aufwacht?« wollte ich wissen.
»Ich kann nur hoffen, daß er schlau genug ist, sich ruhig zu verhalten. Sobald er anfängt, da drinnen Radau zu machen, ist er endgültig verloren.«
Die Frage, warum Jack Mattick sich eigentlich die Mühe gemacht hatte, eine Kiste mit Steinen zu füllen und zuzunageln, und was er damit wohl vorhaben könnte, lag mir auf der Zunge, doch ich hatte keine Gelegenheit mehr, sie zu stellen, da in diesem Augenblick etwas geschah, das uns den Atem nahm. Mattick war inzwischen von der Grant Avenue abgebogen und hielt vor dem Friedhof an der Baker Avenue an. Pete und ich dachten augenblicklich dasselbe, doch wir wagten nicht, es auszusprechen. Wir beobachteten nur gebannt, was jetzt passierte.
Mattick stieg vom Wagen, klappte das Seitenbrett auf und hob mit einigen anderen Männern die Kiste vorsichtig herunter. Hinter dem Friedhofstor auf dem Hügel zwischen den übrigen Grabsteinen warteten bereits der Pfarrer und eine kleine Trauergemeinde.
Ich hätte beinahe laut aufgeschrien, doch Pete packte

mich nur am Arm und sagte, ohne den Blick von den Männern zu wenden, die die Kiste zum Hügel trugen: »Lauf los und hol die erstbeste Schaufel, die du erwischen kannst. Aber beeil dich gefälligst, sonst haben wir den guten alten Jimmy endgültig gesehen.«

Während sich Pete hinter dem niederen Friedhofszaun auf einem Stein niederließ, rannte ich bereits über die Wiese und auf das nächstgelegene Haus zu. Dort angekommen lief ich geradewegs in den Hof und entdeckte an der Schuppenwand einen Rechen, eine Hacke und eine Schaufel. Ich schnappte mir die Schaufel und war damit längst wieder fort, bevor der Bursche, der aus der Hintertür in den Hof gekommen war, überhaupt wußte, was los war. »He, du!« brüllte er hinter mir her und machte den Versuch, mir zu folgen, doch das Bewußtsein, daß ich Jimmy Grovers Leben in meinen Händen hielt, verlieh mir ungeahnte Kräfte, und er gab bald auf.

Als ich zum Friedhof zurückkam, saß Pete frisch und gelassen wie der junge Tag auf seinem Platz.

»Sie haben ihn eingegraben«, berichtete er, stand auf und ließ seine Hosenträger schnalzen.

»Und was machen wir jetzt?« erkundigte ich mich, in Schweiß gebadet.

»So wie ich die Sache sehe, haben wir jetzt erst mal Pause«, antwortete er.

»Armer Jimmy«, murmelte ich.

»Warum ›armer Jimmy‹? Wenn wir ihn da nicht rechtzeitig wieder rausholen, dann bist du derjenige, der den Rest seines Lebens mit einem schlechten Gewissen rumlaufen muß. Also brauchst du ihn nicht

zu bemitleiden.«
Der Pfarrer und die Trauergemeinde beobachteten, wie Mattick das Holzkreuz mit einem Stein in den Boden schlug, dann strömten alle dem Friedhofstor zu. Die Männer schwangen sich auf ihre Pferde, und Mattick fuhr zusammen mit dem Pfarrer auf seinem Wagen davon. Wir warteten, bis alle außer Sichtweite waren, dann sprang Pete über den Zaun. Ich folgte ihm mit der Schaufel.
Wir liefen zu dem frischen Grab hinüber und betrachteten die Aufschrift auf dem Holzkreuz. Sie lautete: ›DINK O'DAY, gestorben am 8. JUNI 1862‹. Dink O'Day war Matticks Faktotum, ein verkommenes Subjekt, das für Unterkunft und Verpflegung auf der Farm gearbeitet hatte.
Für lange Überlegungen blieb uns keine Zeit. Pete packte die Schaufel und schaufelte, daß die Erde durch die Luft flog. Als er müde wurde, löste ich ihn ab, und schließlich übernahm Pete erneut die Schaufel. Er stand bereits hüfttief im Grab, als die Schaufel auf Holz traf. Und im nächsten Augenblick hörten wir Jimmy bereits in seiner Kiste rumoren. Pete packte sofort Hammer und Meißel und schlug ein Luftloch in den Sargdeckel. Dann stemmte er den Deckel auf, und Jimmy sprang auf wie eine Feder. Sein spärliches Haar stand ihm zu Berge, und er blinzelte geblendet in die Sonne. Dann rülpste er zweimal und schluckte, bis er endlich ein Wort herausbrachte.
»Was . . . was ist passiert?« fragte er. »Wo bin ich?«
»Jemand hat Sie in einen Sarg gesteckt, und wenn wir nicht gewesen wären, wären Sie unweigerlich erstickt«, antwortete Pete.

Jimmy sprang mit einem Satz aus dem Grab. Sein Blick schweifte über die Grabsteine und Marmorengel. Ich konnte mir denken, wie er sich fühlte. Plötzlich begann er heftig zu zittern und griff nach Petes Arm.

»B . . . b . . . bringt mich hier raus! B . . . b . . . bitte bringt mich raus.«

Das war natürlich unsere Absicht, aber so einfach ging das nicht. Wir mußten zuerst den Sarg schließen und das Grab wieder zuschaufeln, bevor wir Jimmy auf Schleichwegen aus dem Friedhof führen konnten. Pete behauptete schließlich, Jimmy sei jetzt, da die ganze Stadt hinter ihm her war, im Wald nicht mehr sicher. Schließlich hatte ihn ja dort ein Unbekannter niedergeschlagen und lebendig zu vergraben versucht. Jedenfalls kam er auf die glorreiche Idee, Jimmy auf unserem Heuboden zu verstecken.

Wir schmuggelten ihn also dort hinauf und deckten ihn mit einer Pferdedecke zu. Dann gingen wir zum Dooley-Haus zurück. Die meisten Männer beteiligten sich noch an der Suche nach Jimmy, so daß Dooley allein auf seiner Veranda saß und eine Zigarre rauchte.

»Haben Sie ihn schon gefunden?« wollte Pete wissen und lehnte sich über das Geländer.

»Nee«, antwortete Dooley und zog genußvoll an seiner Zigarre.

»Glauben Sie, sie finden ihn noch?«

»Weit kann er ja nicht sein.«

»Wie ist er überhaupt rausgekommen?«

»Er muß schon 'ne ganze Weile die Gitterstäbe am Fenster bearbeitet haben . . . sagt der Sheriff.«

»Sagen Sie«, begann Pete und rieb sich das Kinn, als sei ihm gerade etwas eingefallen. »Ich hab' zufällig gesehen, daß man Dink O'Day heute begraben hat.«
»Stimmt. Dink ist vor ein paar Tagen gestorben«, erwiderte Dooley. »Schlaganfall . . . sagt Mattick. Er und ein paar Freunde haben gerade bei mir einen letzten Whisky auf Dinks Wohl getrunken, als sich Matticks Fuhrwerk mit dem Sarg selbständig gemacht hat. Mattick hat noch behauptet, solche Streiche seien typisch Dink«, fügte Dooley kichernd hinzu.
Wir schlenderten weiter. Pete war tief in Gedanken versunken. Das merkte ich immer daran, daß er ganz ungewöhnlich schweigsam war. Ich ließ ihn in Ruhe und hielt den Mund. Gelegentlich, wenn er sich wirklich Mühe gab, kam bei seinen Grübeleien sogar was Vernünftiges heraus. So wanderten wir weiter. Pete dachte nach, und ich schwieg respektvoll. Ab und zu galoppierten Reiter an uns vorüber. Staub wirbelte hinter den Pferdehufen auf und legte sich nur langsam und zögernd wieder. In der Stadt war es ungewöhnlich ruhig. Die Sonne schien sengend und gelb auf die Häuser herab. Nur ein paar alte Männer beobachteten vom Straßenrand aus noch das Geschehen.
»Also«, begann Pete und brach das Schweigen. »Erstens mußt du eigentlich dasselbe denken wie ich . . . Und das heißt, daß du von Jack Mattick eine schlechte Meinung hast.«
»Ich habe noch nie viel von ihm gehalten«, erwiderte ich.
»Er ist der übellaunige, versoffene Sohn einer Schild-

kröte«, erklärte Pete. »Und ich sage dir, seine Freunde sind auch nicht besser.«
»Warum, meinst du, hat er eine Kiste voller Steine begraben?«
»Genau das müssen wir herausbekommen.«
»Aber wie?«
»Wenn du heute nacht zur Kreuzung kommst, erfährst du's.«
»Warum heute nacht?« wollte ich wissen.
»Weil man diese Dinge am besten im Dunkeln erledigt«, klärte Pete mich auf.
»Was für *Dinge*?«
»Na, wir sehen uns eben mal ein bißchen um.«
»Hör zu, du hast doch hoffentlich nicht vor, auf Jack Matticks Hof herumzuschnüffeln, oder?« erkundigte ich mich entsetzt.
»Sei heute nacht an der Kreuzung, Gascius«, sagte Pete nur. »Um zehn Uhr bin ich dort.«

Begeistert war ich von dieser Einladung nicht, aber ich wollte unbedingt erfahren, was Eddie Larsen zugestoßen war, und warum Jack Mattick einen mit Steinen gefüllten Sarg hatte begraben wollen. Neben Schmerzen ist Neugier das Schlimmste, das einen Körper befallen kann. Außerdem ist sie schrecklich erniedrigend, und meiner Erfahrung nach kann man ihr einfach nicht widerstehen. Ich verbrachte also den Rest des Tages damit, vergeblich gegen dieses Gefühl anzukämpfen. Nach Einbruch der Dunkelheit brachte ich Jimmy etwas zu essen und zu trinken auf den Heuboden und machte mich dann später auf den Weg zur Kreuzung. Pete war da, wie er es versprochen hatte. Auf Dooleys Veranda saßen Männer unter

den von Fliegen umschwärmten Lampen und sahen müde und schlecht gelaunt aus.
»Also?« wandte ich mich an Pete.
»Sie haben ihn nicht gefunden«, erklärte Pete. »Eddie Larsons Vater bietet noch immer zweihundert Dollar Belohnung.«
»Ich dachte, du hättest dir das aus dem Kopf geschlagen«, bemerkte ich.
»Habe ich auch. Aber kann man so was so schnell vergessen? Komm, gehen wir!«
Matticks Hof lag etwas abseits am Rand des Moores. Es war ein reichlich verkommenes Anwesen mit schlechten Weiden und Feldern, und jeder wunderte sich, daß Mattick überhaupt sein Auskommen hatte. In Wirklichkeit war er eine ziemlich zwielichtige Persönlichkeit, die sich allzu häufig mit den Bewohnern von Shantytown einließ. Vermutlich war das Gerücht richtig, daß er mit dunklen Geschäften viel Geld verdiente. Die Leute von Shantytown arbeiteten jedenfalls nie, und hatten trotzdem immer Geld. Das sagte eigentlich genug.
Wir verließen die Straße, schlichen unter den gespenstisch verschlungenen Ästen der Bäume hindurch und hörten das Zirpen der Grillen, was in mir die Vorstellung von kleinen, für das menschliche Auge nicht sichtbaren Lichtern hervorrief. Schließlich kamen wir auf einen Trampelpfad, dem wir folgten, bis er endete, und krochen durch die Dornenhecke, die die Grenze von Matticks Grundstück bildete. Inzwischen war der Mond aufgegangen, hatte jedoch noch nicht die volle Höhe am Horizont erreicht. Trotzdem konnten wir ungefähr sehen, wo wir waren. Matticks Haus war eher eine Hütte, besaß

jedoch eine Veranda mit einem schrägen Dach. Hinter einem Fenster brannte Licht. Sonst war alles dunkel.
Ich folgte Pete zum Schuppen, der etwas abseits vom Haus vor dem Brunnen lag. Pete öffnete die Tür und ging hinein. Durch ein Fenster fiel Mondlicht. Ich erkannte einen Boden aus festgestampfter Erde, auf dem einige volle und leere Apfelweinkrüge standen, einen Stapel von vielerlei Geräten, Zaumzeug an der Wand und ein Faß, das halb versteckt unter einer Plane in der Ecke lagerte.
»Viel ist hier wirklich nicht los«, bemerkte ich.
»Nein«, antwortete Pete, doch es klang nicht überzeugt. »Komm, das Faß interessiert mich.« Das Mondlicht fiel genau auf das Faß, so daß wir, was wir sahen, deutlich sahen, als Pete die Plane zurückschlug. Der Anblick von Dink O'Day war so schrecklich, daß er mir ewig in Erinnerung bleiben wird. Jemand hatte ihn offenbar so brutal in die Öffnung gesteckt, daß er jetzt eingeklemmt, mit unnatürlich verrenktem Genick, das Gesicht gegen die Füße gepreßt, im Faß lag.
»Pete«, begann ich zitternd und mit einem hohlen Gefühl im Magen. »Nichts wie raus hier!«
Pete leuchtete das Vernünftige an diesem Vorschlag sofort ein. Wir hatten jetzt viel zuviel Angst, uns noch einmal an Matticks Haus vorbei zu wagen, das inzwischen für uns zu einem unheilvollen Ort geworden war. Statt dessen schlugen wir einen Umweg über die Felder zurück in die Stadt ein. Den Sheriff fanden wir schließlich bei den anderen auf Dooleys Veranda. Pete bat ihn, herunterzukommen, und wir gingen mit ihm ein Stück weiter und aus dem Licht.

»Wir haben was Interessantes gefunden, Sheriff«, begann Pete. Der Sheriff musterte ihn skeptisch.
»Etwas sehr Interessantes sogar«, bekräftigte ich, und er sah mich ebenfalls an. Sheriff Rice war ein großer, kräftiger Mann mit einem breitrandigen Hut, den er tief ins Gesicht gezogen hatte.
»Und das wäre?« fragte er.
»Eine Leiche«, erwiderte Pete prompt.
Sheriff Rice sagte kein einziges Wort, sondern schob uns lediglich vor sich her und in die Richtung, aus der wir gekommen waren. Er stellte keine weiteren Fragen, und ich schloß daraus, daß er selbstverständlich annahm, daß wir die Leiche von Eddie Larsen gefunden hatten.
Als wir zu Matticks Farm kamen, fragte er schließlich: »Hier?«
»Ja. Im Schuppen«, erwiderte Pete.
»Im Schuppen?« wiederholte er ungläubig.
»Ja, Sir«, versicherte Pete ihm. »Und zwar in einem Faß.«
Der Sheriff lief auf den Schuppen zu. Seine Art zu gehen und dabei unbekümmert Krach zu machen, imponierte mir. Im Haus brannte hinter dem einen Fenster noch immer Licht, doch Mattick ließ sich nicht blicken. Im nächsten Augenblick war der Sheriff im Schuppen, stellte sich vor das Faß und betrachtete die Bescherung eingehend. Dann fluchte er kräftig und sagte: »Das ist nicht Eddie Larsen . . . sondern Dink O'Day.«
»Der liebe Mattick hat 'nen leeren Sarg begraben lassen«, bemerkte ich.
Das schien den Sheriff erst richtig in Fahrt zu bringen. Mit langen Schritten stürmte er über den Hof

und geradewegs auf das Haus zu. Kurz bevor wir die Veranda erreicht hatten, flog die Tür auf und Mattick erschien im erleuchteten Türrahmen. »Sind Sie's, Doktor?« fragte er und blinzelte ins Dunkle.
Der Sheriff ging unbeirrt mit sicheren und energischen Schritten weiter und entgegnete: »Wozu brauchst du denn einen Arzt, Mattick?« Im nächsten Moment stand er auf der Veranda. Er war größer und kräftiger als Mattick, und sein glänzender Sheriffstern verlieh ihm die nötige Autorität. Als Mattick dann noch sah, daß die Tür zum Schuppen offenstand, unternahm er blitzschnell einen Fluchtversuch. Doch gegen Sheriff Rice hatte er keine Chance. Der Sheriff packte ihn am Arm und drückte ihn mit dem Rücken gegen die Wand. Mattick starrte den Sheriff mit wilden Blicken an.
»Dink ist also an einem Herzanfall gestorben, was?« begann der Sheriff. »Da hast du doch wohl ein bißchen nachgeholfen, oder?«
»Laß mich los, Rice!« zischte Mattick.
Der Sheriff legte ihm blitzschnell Handschellen an und führte ihn ab. Während Pete und ich ihnen folgten, sagte Pete plötzlich: »Ich kann mir ungefähr denken, was passiert ist.«
Ich konnte mir die Geschichte leider überhaupt nicht zusammenreimen, und als schließlich die Wahrheit ans Licht kam, mußte sogar Pete zugeben, daß sie so kompliziert war, daß selbst er sie nicht vollständig hatte erraten können.
Was Mattick dann im Gefängnis dem Sheriff und den anderen in unserer Gegenwart erzählte, war folgendes: Mattick hatte Eddie Larsen dabei erwischt, wie dieser versuchte, Apfelwein aus seinem Schuppen zu

stehlen, ihn mit dem Gewehr bedroht und erschossen. Daraufhin war Dink in seinem Auftrag zu dem berüchtigten Arzt in Little Village gegangen und hatte diesem die Leiche verkauft. Jener Arzt war nämlich dafür bekannt, daß er Gräber plünderte, um an den Toten Forschung zu betreiben. Dann allerdings war Dink, der Mitwisser, unverschämt geworden und hatte versucht, Mattick zu erpressen. Das wiederum hatte den jähzornigen Mattick so in Wut gebracht, daß er Dink erdrosselt hatte. Am Tag der Beerdigung war Mattick allerdings der Gedanke gekommen, daß er eigentlich auch den toten Dink an den Arzt aus Little Village verkaufen konnte. Deshalb hatte er die Leiche in das leere Faß gesteckt. In der Nacht, in der wir auf seinen Hof gekommen waren, hatte er gerade auf den Arzt gewartet.

Nachdem alles geklärt war, wurde Mattick eingesperrt, und die Männer luden Pete und mich ins Dooley-Haus zu einer Limonade ein. Bei dieser Gelegenheit sagte dann Eddies Vater, der zuvor geschworen hatte, sich grausam an diesem Arzt zu rächen: »Mir ist gerade eingefallen, daß wir uns alle bei Jimmy Grover entschuldigen müssen.«

»Vorausgesetzt wir finden ihn«, bemerkte jemand.

»Ich weiß, wo er ist«, verkündete Pete stolz.

»Wo?« fragte der alte Larsen prompt.

»Das sage ich Ihnen gern, aber soviel ich mich erinnere, haben Sie demjenigen, der Ihnen Jimmy Grover bringt, zweihundert Dollar versprochen«, entgegnete Pete versonnen.

Als das schallende Gelächter um uns herum verstummte, wandte sich der alte Larsen an Pete: »Mein Junge, ich habe die Belohnung ausgesetzt, um einen

Mann an den Galgen zu bringen. Es wird mein Herz erleichtern, ihn nicht hängen zu sehen. Mein Wort gilt.«

Capstone hatte sicher noch nie zwei Jungen so schnell laufen gesehen wie Pete und mich, als wir davonrannten, um Jimmy vom Heuboden herunter und zurück in die respektable Männergesellschaft zu holen.

Tödliche Begegnung

Talmage Powell

Als sich Juliano auf dem rauhen Strohsack bewegte, knarrte unter ihm das harte, spartanische Brett, das ihm als Bett diente. Von der warmen mexikanischen Nacht wehte eine leichte Brise durch die Ritzen der schäbigen Holzbaracke herein. Der Geruch von heißem Sand, Pferdeschweiß und altem, verrotteten Blut aus der nahegelegenen Stierkampfarena hing schwer in der Luft.

Juliano starrte in die Dunkelheit. Die Stille schien zu vibrieren. Die üblichen Geräusche aus den Ställen und Verschlägen, wie Hufscharren, Wiehern und Schnauben, waren verstummt. Selbst die ausgehungerten Kojoten in den einsamen Bergen über San Carlo de Piedras schwiegen angesichts des Vollmondes.

Juliano richtete sich halb auf, als eine Vorahnung ihn befiel. Er sah auf die Gestalt seines Zwillingsbruders herab, der in entspannter Haltung neben ihm lag und schlief. Grünschnabel, du schläfst, und unsere Schwester ist in Schwierigkeiten, dachte er.

Dem wütenden Aufwallen seines Blutes folgte sofort die Reue. José liebte Lista ebenso wie er. Sie waren eben nur, trotz aller äußeren Ähnlichkeit, völlig verschieden. Wenn es Zeit war zu schlafen, dann schlief José.

Juliano stand auf und tastete sich bis zum offenen Eingang vor. In der Hose aus rauher Baumwolle, in denen beide Brüder schliefen und arbeiteten, sah er für seine vierzehn Jahre sehr mager und groß aus. Seine breite, kräftige Brust, die sehnigen Arme und das beinahe hagere Gesicht des Mestizen mit den hohen Backenknochen glänzten im Mondschein wie brauner Satin. All diese Merkmale trugen dazu bei, daß der Junge einen gewissen Lebenshunger ausstrahlte, jenes Verlangen, das man unterschwellig in dem sehnigen Puma vermutete, dem es gelungen ist, jede Härte des Lebens zu überstehen.
Seine großen, glänzenden, schwarzen Augen schweiften über die dunkle Silhouette der Stallungen, die kahle, dreißig Meter breite Fläche, die zwischen der Baracke und der Stierkampfarena lag, und die Boxen an der Wand der Arena, in denen sich die für den Kampf am Sonntag bestimmten Stiere als dunkle, unheimliche Schatten abzeichneten.
Nichts bewegte sich, und die Nacht war so still wie der Tod. Die Umgebung hatte inzwischen den Reiz verloren, den sie noch zwei Jahre zuvor besessen hatte, als er und José barfuß nach San Carlo gekommen waren. Die zwanzig Centavos, das Abschiedsgeschenk des Vaters, hatten damals den Schmerz über die Ankündigung der Eltern lindern geholfen, daß sie jetzt alt genug seien, ihren Herd zu verlassen und sich selbst zu ernähren.
In ihren großen Jungenaugen war San Carlo die Perle aller Städte gewesen. Die staubigen Gebäude aus Holz und Stuck waren zwei, drei, manchmal sogar vier Stockwerke hoch. Aus den schmalen Gassen ergoß sich der Verkehr auf eine breite Plaza, wo

Tauben ein riesiges Denkmal umlagerten, und ein Mann in brauner Uniform und mit großer Autorität die Autos nur mit einem Pfiff aus seiner Pfeife zum Halten brachte.

Dann zogen in schneller, schmerzlicher Folge die Erinnerungen aus jener Zeit vor dem ersten Tag in San Carlo vor seinem geistigen Auge vorüber. Er sah wieder das kleine Haus aus den luftgetrockneten Ziegeln auf dem steinigen Land weit oben in den Bergen vor sich, wo man den spärlich wachsenden Mais durch unermüdliches Hacken der Erde hegte und pflegte und die Felder mit Wasser bewässerte, das man von weither holen mußte. Dann das Feuer aus Kuhmist, das im Herd brannte, das Klatschen der Hände, wenn die Mutter Tortillas zubereitete, die böse Ziege mit dem abgebrochenen Horn, die kostbare rote Henne, die Eier mit zwei Dottern legte, die Strohpuppe, mit der Lista gespielt hatte, als José und er gerade erst geboren worden waren . . .

Dann zerriß ein Wimmern und ein Stöhnen die nächtliche Stille, und Juliano erstarrte. Es klang wie jener unterdrückte Aufschrei eines gequälten Lebewesens, der ihn kurz zuvor geweckt hatte.

Er stolperte ein paar Schritte vorwärts, dann sah er ihre schmale Gestalt zusammengekauert auf der nackten Erde an der Stallecke liegen. Juliano rannte zu ihr und fiel neben ihr auf die Knie. Alles in ihm sträubte sich gegen das, was seine Augen sahen. Er war nahe daran, ohnmächtig zu werden. »Lista! Schwester! *Por Dios*!«

Das sanfte Oval ihres Gesichts war schweißbedeckt und glühte vom Fieber. Das dichte schwarze Haar klebte feucht an Stirn und Wangen. Ihre großen

dunklen Augen lagen tief in den Höhlen. In ihnen lag bereits die Ahnung des Todes.
Ihre vollen Lippen öffneten sich, und die schönen Zähne blitzten. »Juliano . . . ich hab' gewußt, daß ich es noch bis zu dir schaffen würde. Hilf mir! Juliano, hilf mir!«
Sie versuchte sich auf einen Ellbogen aufzustützen, während sie den anderen Arm nach ihm ausstreckte. Er war unfähig, sich zu bewegen. Der Anblick des vielen Blutes lähmte ihn. Es hatte das einfache Baumwollkleid durchtränkt, das an ihrem schlanken, einst so vitalen jungen Körper klebte, war an den Beinen hinuntergelaufen und hatte die Schuhe befleckt.
»Lista . . .«, murmelte er, und seine Stimme klang tonlos und fremd. »Lista . . .« Dann hob er die leichte Gestalt auf und stolperte zur Baracke zurück. Seine heiseren Schreie weckten die Pferde und die großen dunklen Bullen, die an ihren Ketten rasselten. »José! José, wach auf! Unsere Schwester stirbt.«

Dr. Diego Sorolla de Luz trat auf die Veranda des langgestreckten einstöckigen Gebäudes, in dem sich die Klinik für die Armen von San Carlo befand. Er machte die Fliegengittertür hinter sich zu, drehte sich um und blinzelte in die grelle Morgensonne.
Der Arzt war ein schlanker, dunkelhäutiger Mann in weißer Leinenhose, weißem Mantel und Chirurgenhaube. Er starrte einen Augenblick lang auf die Rücken der beiden Jungen, die in einiger Entfernung auf dem Bretterboden der Veranda saßen und die Füße über den Rand baumeln ließen. Dann holte er widerwillig tief Luft und ging auf sie zu.
Beim Klang der müden Schritte auf dem sandig

knirschenden Holzboden wandten Juliano und José die Köpfe. Sie lasen Mitleid und Mitgefühl in der Miene des Arztes. Juliano wurde um einen Schein blasser. Ansonsten reagierten sie mit dem Gleichmut ihrer Vorfahren auf den Tod ihrer Schwester.
»Es tut mir aufrichtig leid . . . Ich habe mein Bestes getan, aber es war in diesem Fall offenbar nicht gut genug«, sagte der Arzt.
»Gracias, Señor Doktor«, erwiderten die beiden Jungen. Und Juliano fügte hinzu: »Wir bezahlen, sobald . . .«
»Es ist alles bezahlt, mein Junge.«
»Das verstehe ich nicht. Muno Figero ist nicht hier gewesen, und außer ihn geht es doch niemand etwas an.«
Der Arzt setzte sich zwischen die beiden Brüder. »Muno Figero? Der junge Torero? War er der Vater?«
Juliano nickte.
José beugte sich vor und sagte zu Juliano: »Sei doch still! Lista hat uns gebeten, niemand etwas zu verraten!«
»Hat eure Schwester mit euch über ihre Probleme gesprochen?«
»Lista und ich . . . wir haben uns sehr nahe gestanden«, antwortete Juliano. »Wenn sie wirklich ernsthafte Schwierigkeiten gehabt hat, ist sie zu mir gekommen . . . selbst jetzt noch, kurz vor ihrem Tod. Nicht zu Mama, oder Papa, oder Muno, den sie geliebt hat . . . Sondern zu mir . . .«
»Juliano«, warnte José.
Juliano sah seinen Bruder an. »Was macht das jetzt schon für einen Unterschied? Der Doktor darf es ruhig wissen.« Juliano hob den Kopf und sah dem

Arzt in die Augen. »Sie ist keine schlechte Frau gewesen, Señor Doktor. Auch wenn sie mit einem Mann gelebt hat, mit dem sie nicht verheiratet war.«
»Das glaube ich. Sie ist wunderschön gewesen. Und so werde ich sie in Erinnerung behalten.«
»Und ich werde mich immer an ihren Kummer und ihre Verzweiflung erinnern«, entgegnete Juliano. »Sie hat ein Kind erwartet, das Muno nicht haben wollte.«
De Luz' hageres, scharf geschnittenes Gesicht verdüsterte sich und sah einen Augenblick lang beinahe dämonisch aus. In den dunklen Augen unter den schweren Lidern blitzte Wut auf. »Ich bin sicher, daß euer Torero seine Hände in Unschuld wäscht.« Den Rest der Geschichte, jenen Teil, den er aus Erfahrung und auf Grund seiner medizinischen Kenntnisse rekonstruieren konnte, verschwieg er. Ein Mädchen hatte sich offenbar auf Anraten ihres Liebhabers an irgendeinem geheimen Ort in die Hände einer schmuddeligen Engelmacherin gegeben, die mit einem spitzen Gegenstand, wie zum Beispiel einer schmutzigen Haarnadel, eine Blutung und damit den Abort eingeleitet hatte. Dann, nachdem etwas schiefgegangen war, hatte die Alte, nur auf ihre eigene Sicherheit bedacht, das Mädchen seinem Schicksal überlassen. Und das von Fieber und Schmerzen geschüttelte Mädchen hatte sich noch mit letzter Kraft zu dem einzigen Menschen geschleppt, dem sie vertraute.
Der Arzt legte Juliano die Hand auf die Schulter. Er fühlte die sehnige Kraft, die der magere Junge besaß. »Es hat keinen Zweck, weiter über die Sache nachzugrübeln. Sie würde das sicher nicht wollen.«
»Das habe ich ihm auch schon gesagt«, warf José ein.

»Aber seit Lista uns vor zwei oder drei Tagen alles erzählt hat, denkt er an nichts anderes mehr.«
»Esel«, schimpfte Juliano. »Sie mußte schließlich mit jemandem reden. Begreifst du das noch immer nicht?«
»Hat sie euch auch gesagt, daß sie eine Abtreibung vorhatte?«
»Abtreibung, Señor?« wiederholte Juliano verständnislos.
»Ich meine, wollte sie es wegmachen lassen, bevor es ein richtiges Baby wird?«
»Sie hat davon gesprochen.«
»Hat sie erwähnt, wo und von wem es gemacht werden sollte?«
»Sie hat nur gesagt, daß Muno in diesen Dingen Bescheid wisse. Ich habe sie angefleht, es nicht zu tun.«
»Ich verstehe.« De Luz stand schwerfällig auf. »Ich muß die Angelegenheit natürlich der Polizei melden. Ich bezweifle allerdings, daß dabei irgendwas rauskommen wird. Es ist einfacher, eine Ratte auf dem Müllplatz von San Carlo zu fangen, als eine schmutzige Engelmacherin zu erwischen. Die Hälfte aller alten Weiber in dieser Stadt würde gegen einen guten Preis so etwas machen. Und der junge Mann wird natürlich den Unschuldigen spielen.«
Juliano stand ebenfalls auf. »Die Sache ist sowieso bald vergessen. Wir sind ja nur arme Taglöhner.«
Der Arzt warf ihm einen flüchtigen Blick zu, wollte schon der weisen und doch bitteren Bemerkung des Jungen widersprechen und sagte dann doch nur: »Es gibt einiges zu erledigen. Euer Vater muß benachrichtigt und die Beerdigung arrangiert werden. Das übernehme ich.«

»Sie sind sehr freundlich«, bedankte sich Juliano.

Es wurde Mittag und schließlich Nachmittag, aber Juliano saß noch immer stumm und in düstere Gedanken vertieft auf einer Bank an der Plaza. José begann sich Sorgen um seinen Bruder zu machen, der sich so beängstigend verändert hatte.
»Juliano, ich habe Hunger . . .«
»Dann geh und iß was!«
»Und du? Willst du nichts?«
»Halt den Mund!« sagte Juliano scharf. Papa . . . Mama, dachte er. Ich habe das nicht gewollt, als ich Lista und Muno zusammengebracht habe. Ich habe es doch nur gut gemeint . . .
Bin ich unbewußt an allem schuld gewesen? Oder war es Schicksal?
Sie hatten die zwanzig Centavos des Vaters bereits am ersten Tag in San Carlo für Zuckerkuchen ausgegeben, den fahrende Händler in den Straßen aus schmutzig verklebten Vitrinen verkauften.
Am dritten Tag hatten sie dann drei andere Jungen getroffen, die in derselben Situation gewesen waren wie sie. Die Magenkrämpfe waren immer akuter geworden, und die anderen waren im Stadtleben bereits erfahren gewesen.
Schließlich hatten die fünf einen gutgekleideten Mann entdeckt, der mit unsicheren Schritten aus einem Weinlokal gekommen war. Wie unsichtbare Schatten waren sie ihm durch die dunklen Gassen gefolgt, und als die Gelegenheit günstig war, hatten sie ihn überfallen, niedergeschlagen und ihm die Brieftasche geraubt. Das Vermögen von dreiundvierzig Pesos hatten sie in einem düsteren Hauseingang

unter sich aufgeteilt.
Später, als sie sich in einem unterirdischen Kanalschacht ein Nachtlager gemacht hatten, hatte sich José zufrieden den vollen Bauch geklopft. »Hm, das ist eine ausgezeichnete Sache.«
»Nein«, hatte Juliano ihm widersprochen. »Es ist schlecht.«
»Aber was sollen wir denn sonst tun?«
»Wir werden Arbeit finden!«
José grunzte ungläubig und schlief ein. Juliano dagegen lag wach, fühlte sich schmutzig und glaubte plötzlich wieder den mitleidigen Blick des großen, betrunkenen Mannes zu sehen, als sie ihn wie junge Wölfe angefallen hatten.
Am Tag nach dem Überfall war Sonntag, und Juliano und José folgten der Menge in die Stierkampfarena. Juliano nahm jede Einzelheit, vom Trompetenstoß, der die Prozession der prächtig gekleideten Matadore einleitete, bis zur Beseitigung des letzten getöteten Stiers, begierig in sich auf.
»José«, erklärte Juliano, als der Kampf zu Ende war, »wir werden Toreros. Es ist die einzige Möglichkeit, wie Leute wie wir reich und berühmt werden können.«
»Ohne mich«, wehrte José ab.
»Laß nur, ich mach das schon! Du mußt nur bei mir bleiben.« Julianos Stimme machte klar, daß er keinen Widerspruch duldete. »Komm. Wir sprechen mit dem Verwalter der Arena.«
Nachdem sie sich bis zum Verwalter durchgefragt hatten, standen sie einem gebeugten, mißmutigen Mann mit dicken Tränensäcken unter den Augen gegenüber. »Ihr wollt hier also arbeiten?«

»Si, Señor.«
»Und was wollt ihr hier bei uns machen?«
»Alles . . . für den Anfang wenigstens. Später möchte ich Matador werden, Señor.«
»Das wollen Millionen andere auch«, entgegnete der Verwalter verächtlich. »Würdet ihr auch Ställe reinigen und Mist fahren?«
»Bis zum Umfallen, Señor.«
»Könnt ihr auch die Lederpanzer der Pferde flicken, die Lanzen der Picadore schärfen, Pferde striegeln und die zahmen Ochsen füttern, mit denen wir die Kampfstiere in die Boxen locken, wenn sie von den Zuchtfarmen kommen?«
»Wir machen alles, Señor. Einfach alles.«
»Gut, mein Junge. Ihr gefallt mir. Ich stelle euch ein. Für fleißige Leute, die keine Ansprüche stellen, haben wir immer Arbeit. Aber eines sage ich euch: Ihr müßt parieren!«
»Selbstverständlich, Señor.«
»Falls ich euch beim Stehlen oder Faulenzen erwischen sollte, schneide ich euch die Ohren ab und werfe sie meinem Hund zum Fraß vor.«
»Ihr Hund wird verhungern«, entgegnete Juliano lachend.
»Wo wohnt ihr jetzt, mein Freund?«
»In einem Kanalschacht.«
»Da holt ihr euch den Tod. Ihr könnt den Verschlag neben den Stallungen haben.«
»Gracias, Señor.«
Nach dem harten Arbeitstag schlief José meistens nach dem Essen, das aus einer Schale Bohnen bestand, ein. Juliano dagegen genoß die Abendstunden. Nach Sonnenuntergang kämpfte seine schlanke

Gestalt in der leeren Arena mit imaginären Stieren. Seine Ausrüstung bestand aus einem zerschlissenen roten Tuch, einem Holzschwert und einer Muleta, die er sich aus einem Stück Sackleinen gemacht hatte. Mit diesen Dingen übte er jeden Schritt, jede Drehung und Bewegung, die er gesehen und die man ihn gelehrt hatte. Eines Abends, nachdem er gerade im Stand einige langsame Bewegungen mit der Muleta versucht hatte, ertönte durch die Stille in der Arena plötzlich ein ›*olé*‹ und Beifall. Juliano sah verwundert auf.

Auf diese Weise lernte Juliano Muno Figero kennen, der am folgenden Tag kämpfen sollte und sich den Stier angesehen hatte, der ihm zugewiesen worden war.

Muno war sechs Jahre älter als Juliano, groß und schlank, hatte teuflische Augen und kräftige Zähne im braunen, v-förmigen Gesicht. Er war dabei, sich durch seine elegante und mutige Arbeit mit der Capa einen Namen zu machen.

In jener Saison folgte Juliano Muno wie ein Schatten, sobald dieser in San Carlo war. Muno ließ sich die Verehrung des Jüngeren gern gefallen. Er unterrichtete Juliano in der Arbeit mit der Capa und der Muleta und nahm ihn in jene Lokale mit, in denen sich die Toreros und ihre Anhänger bei einem Glas Wein trafen und sich unterhielten. Juliano nahm in diesen wunderbaren Stunden begierig alles in sich auf, was mit der Arena zu tun hatte. Er erfuhr von Belmonte, dem Vater des modernen Stierkampfs, von Perez, der im Kampf mit dem schrecklichen Stier Machin ums Leben gekommen war, weil der Wind eine Ecke seiner Mantela hochgeweht und den Torero auf diese

Weise entblößt hatte, von Saleri, der die klassische Art des Stierkampfes entehrt hatte, indem er mit Hilfe einer Stange über den Kopf des Stieres gesprungen und schließlich getötet worden war, weil er den Fehler gemacht hatte, diesen Trick zweimal bei demselben Stier anzuwenden, denn dieser hatte ihn prompt mit gesenkten Hörnern erwartet, als er nach dem Sprung hatte landen wollen.

»Was beweist«, bemerkte Muno, »daß Stiere dem Menschen durchaus überlegen sein können. Sie lernen schnell . . . und vergessen nie.«

»Genau wie ich«, erwiderte Juliano.

Und mit seinem wachsenden Wissen wurde Juliano klar, daß San Carlo keineswegs das Zentrum des Stierkampfes war. In ganz Mexiko gab es noch Dutzende derartiger Arenen in kleinen, unbedeutenden Städten, in denen die Matadore meist am Anfang, und falls sie lange genug überlebten, auch am Ende ihrer Karriere kämpften. Hier fingen sie jung, übereifrig und selbstsicher an, und hier endeten sie alt, müde und bitter und bekämpften verbissen Stiere, über die sie früher nur gelächelt hätten . . . und das alles für das ungeschlachte, primitive Volk, das sie verachteten.

Während dieser Zeit hörte Juliano nichts von seiner Familie. Das war durchaus der normale Gang der Dinge. Jeder hatte mit sich selbst genug zu tun. Mama und Papa auf der Farm, und Lista bei ihrem Mann, einem älteren Witwer, der eines Tages zu ihnen gekommen und dem Vater zehn Pesos für die Erlaubnis bezahlt hatte, Lista heiraten zu dürfen, als diese gerade fünfzehn gewesen war.

Ihre Gesichter waren nur noch liebgewordene Erinnerung. Und dann wartete Lista eines Tages vor der

Baracke neben dem Stall auf Juliano und José. Sie hatten den ganzen Nachmittag damit verbracht, den Boden der Arena mit frischem Sand aufzuschütten. Bei ihrer Rückkehr vergaßen sie augenblicklich, wie schmutzig und müde sie sich fühlten, als sie ihre Schwester, mit einem verschnürten Pappkoffer zu ihren Füßen, vor der Baracke stehen sahen.

Lista breitete die Arme aus und rannte auf die beiden zu. Die drei umarmten sich lachend. Dann hielt Juliano Lista auf Armeslänge von sich. »José, unsere ältere Schwester ist eine sehr schöne Frau.«

José lachte herzhaft, was bei ihm selten vorkam. »Aber sie ist beinahe zu schön, um echt zu sein.«

Plötzlich kam Juliano ein Gedanke. »Was ist mit deinem Mann, Lista?«

»Er ist tot«, antwortete sie ruhig. »Er hat im Dorf zuviel ›Schnaps‹ getrunken, ist vom Pferd gefallen und hat sich das Genick gebrochen.«

Damit war dieses Thema für Juliano erledigt. Er empfand weder Trauer noch Bedauern. Immerhin hatte der alte Mann drei Frauen gehabt.

»Ich habe kein Zuhause mehr«, fuhr Lista fort. »Deshalb bin ich zu dir gekommen, Juliano.«

Juliano legte einen Arm um ihre Schultern. »Das war richtig. Heute abend gehen wir in das *Café de los Toros,* bestellen eine Flasche Wein und feiern unser Wiedersehen.«

An jenem Abend lernte Lista Muno kennen. Nach dem alten Mann weckte der junge, gutaussehende Torero schnell ihre Liebe.

Jetzt war sie tot.

Juliano hob langsam den Kopf. Erst jetzt merkte er, daß José neben ihm besorgt auf der Bank hin und her

rutschte. Sein Blick schweifte über die Plaza, die Autos und die Tauben, die das Denkmal umschwirrten. Er fühlte die heiße Sonne auf seinem Gesicht und dachte daran, wie eiskalt Listas Haut in der Klinik gewesen war.
Juliano richtete sich langsam auf und erhob sich. José sprang neben ihm auf.
»Sollen wir was essen, Juliano?«
Juliano sah ihn lange und verächtlich an. »Nein. Wir gehen zu Muno.«

Muno band sich gerade eine schwarze Schleife um den Kragen seines weißen Seidenhemds, als es an der Tür seiner kleinen, engen Einzimmerwohnung klopfte.
Mit einem letzten prüfenden Blick auf sein Spiegelbild wandte er sich von der Kommode ab, schlängelte sich geschickt zwischen Sofa, Stühlen, Tisch, Stehlampe, Schrank und dem ungemachten Bett an der Wand hindurch und öffnete die Tür.
Als sein Blick auf die beiden Jungen fiel, die im schmutzigen, düsteren Korridor vor ihm standen, straffte er unwillkürlich die Schultern.
»Juliano, José . . .«, murmelte er, trat zur Seite und machte ihnen ein Zeichen hereinzukommen. Sein Gesicht war plötzlich blasser als sonst. »Ist was passiert?« Er spürte offensichtlich, daß etwas nicht stimmte.
»Sie ist tot, Muno«, sagte Juliano.
»Oh!« Muno ging zu dem alten blauen Sofa und setzte sich langsam. Seine Bewegungen wirkten plötzlich hölzern. »Wo ist sie?«
»Im Krankenhaus. Die Sache ist schiefgegangen,

Muno. Sie wird kein Kind bekommen. Sie ist verblutet.«
Muno hob die Hand und wischte sich Schweißperlen unter dem Auge weg. »Das tut mir leid, Juliano. Wirklich sehr leid.«
Juliano sah sich im Zimmer um. Sein Blick schweifte von den achtlos über einen Stuhl geworfenen Kleidungsstücke, zu den Socken unter dem Bett und schließlich zur Kommode, wo noch Listas Toilettensachen standen, wie sie sie zurückgelassen hatte. »Ja, Muno, ich glaube, daß es dir leid tut. Sie war schön und jung, und hat sich dir ganz hingegeben.«
Muno biß sich auf die Unterlippe und schüttelte stumpf den Kopf. »Haßt du mich jetzt, Juliano?«
»Ob ich dich hasse? Nein. Ich verachte dich.«
»Du verstehst das nicht«, entgegnete Muno. »Ein Kind hätte jetzt, da ich die Chance meines Lebens bekomme, alles zunichte gemacht. Hast du schon gewußt, daß ein berühmter Manager extra von Mexiko City hierhergekommen ist, um mich morgen in der Arena zu sehen?«
»Ich verstehe.« Juliano nickte José unauffällig zu. Die beiden Jungen gingen zur Tür.
Muno sprang auf. »Juliano . . .«
Juliano schob José in den Korridor hinaus, blieb auf der Schwelle stehen und wandte sich noch einmal um.
Muno streckte die Hand aus. »Juliano, durch Haß wird sie auch nicht wieder lebendig.«
Juliano starrte ihn nur schweigend an.
»Bitte, Juliano . . .«, flehte Muno. »Es ist vorüber . . . vorbei. Nichts kann das ändern.«
»Wie schnell wirst du sie vergessen haben, Muno?«

»Juliano . . .«
»Wirst du schon morgen nacht dein Bett mit einer anderen teilen?«
Munos Züge wurden hart. »Raus! Scher dich raus! Du bist genauso dumm wie deine Schwester! Verschwinde, und laß dich hier ja nie wieder blicken!«

Als der Vollmond in jener Nacht hoch am Himmel stand, weckte Juliano José.
José setzte sich auf seinem Strohsack auf und rieb sich die Augen. »Was ist los, Juliano?«
»Komm, wir gehen in die Arena. Draußen ist es taghell. Ich kann nicht schlafen.«
José ließ die Arme sinken. »Was soll das?«
Juliano stand bereits neben dem Bett und zog sein Baumwollhemd an. »Für Muno Figeros Kampf morgen ist der Stier Santiago ausgelost worden.«
»Si, aber was haben wir . . .«
»Ich möchte wissen, ob ich so gut bin wie Muno«, unterbrach Juliano ihn. »Ich werde seinen Stier testen. Und zwar jetzt . . . in der Arena. Hilfst du mir, den Stier in die Arena und wieder zurück in seinen Verschlag zu befördern, oder muß ich alles alleine machen?«
Das Weiße in Josés Augen leuchtete, als er Juliano entsetzt anstarrte. »Du bist verrückt, Juliano. Das ist glatter Selbstmord!«
»Ich habe jetzt keine Lust, mit dir zu streiten!« entgegnete Juliano. »Hilfst du mir, oder hilfst du mir nicht?«
Ein Stoßgebet vor sich hin murmelnd sprang José aus dem Bett.
Kurz darauf machte der Stier Santiago seine ersten

unsicheren Schritte in der ungewohnten und neuen Welt der Arena. Juliano hatte José das Zeichen gegeben, das Gatter zu öffnen, und beobachtete jetzt im hellen Mondlicht von der Mitte der Arena aus, wie der Stier stehen blieb und mit den Hufen im Sand scharrte. Er wußte, daß Santiago ihn bereits gesehen hatte und sich jetzt einen Augenblick Zeit ließ, um Situation und Gegner richtig einzuschätzen. Santiago war ein kräftiger und geschmeidiger schwarzer Piedras-Negras-Stier, der beinahe neunhundert Pfund wog und gefährlich nach oben gebogene, spitze Hörner besaß, und somit ein wesentlich besserer Stier war als jene Tiere, die man normalerweise in San Carlo zu sehen bekam.

Sein Mund war trocken und seine Kehle war wie zugeschnürt, so daß Juliano fürchten mußte, kein Wort herauszubekommen, als er mit zitternden Händen die alte, zerschlissene Capa hob. Er trat einmal kräftig in den Sand. »Toro!« rief er. »Toro!«

Santiago wandte sich ab, als sei er sich der Gegenwart des zweibeinigen Wesens in der Mitte der Arena überhaupt nicht bewußt. Dann zerriß das Donnern seiner Hufe die Stille der Nacht.

Juliano unterdrückte das instinktive Verlangen, weinend davonzulaufen. Schweiß brannte in seinen Augen. Die Hände, die die Capa hielten, zitterten heftig.

Santiago wuchs zu einer geradezu unheimlichen Größe an, als sich die Distanz zwischen ihnen schnell verringerte. Die rot unterlaufenen Augen des Stiers glänzten im Mondlicht. Juliano hielt den Blick unverwandt auf die nadelspitzen Hörner gerichtet. Der Stier senkte den Kopf, eine kurze, schnelle Bewegung

mit der Capa, und er änderte die Richtung um wenige Zentimeter.
Plötzlich war der Stier vorbei, und Juliano merkte, daß er noch lebte. Er drehte sich um. Auch Santiago wirbelte bereits herum und griff erneut an. Diesmal hatte sich Julianos Angst bereits ein wenig gelegt, und sein Herz schlug ruhiger und gleichmäßiger.
Eine weitere schnelle Bewegung mit der Capa, ein eleganter Schritt, und die Szene wiederholte sich wieder und wieder.
Juliano wagte sogar ein Lachen. Er stampfte mit dem Fuß auf. »Toro!«
Die Sekunden wurden zu Minuten, und eine dünne Staubschicht bildete sich über dem Sandboden. Santiago drehte sich herum, senkte den Kopf zum Angriff, die Capa lenkte ihn ab und sicher an Juliano vorbei.
»Toro! Toro!« Immer wieder schwenkte Juliano das rote Tuch. Er trieb den Stier noch mit einem halben Dutzend weiterer Tricks durch die Arena und immer weiter an die Bande. Der Stier ermüdete sichtlich. Genug, entschied Juliano, und sprang über die Bande.
José, der den Kampf von der sicheren Tribüne aus beobachtet hatte, klopfte Juliano auf die Schulter. »Du gehörst zu ihnen, Juliano! Du bist ein echter Torero!«
»Ich habe schon seit Monaten mit der Capa geübt«, gestand Juliano außer Atem und in Schweiß gebadet. »Jetzt manövrieren wir Santiago in seinen Verschlag zurück, damit niemand merkt, daß er heute nacht in der Arena gewesen ist.«
José schüttelte noch immer verwundert den Kopf. »Mein Bruder . . . mein Bruder ist ein richtiger To-

rero!«
»Ich hatte vielleicht noch nicht genügend Praxis, aber dafür eine starke Motivation!«
»Hast du dich sehr allein und nackt gefühlt?«
»So nackt, wie sich Belmonte gefühlt haben muß.«
Julianos und Josés Blicke trafen sich. »Als er noch ein kleiner Junge gewesen ist, ist der berühmte Belmonte nachts auf einer Stier-Ranch durch einen Fluß geschwommen und hat heimlich und allein mit den Stieren gekämpft. Auf diese Weise hat Belmonte den Stierkampf erlernt. Er ist damals noch zu jung und unerfahren gewesen, um zu wissen, daß er damit den Tod vieler Matadore verschuldet hat. Wenn er geahnt hätte . . .«
Juliano drehte sich um und lehnte sich über die Bande. Santiago stand in der Mitte der Arena und forderte mit erhobenem Kopf, glänzenden Hörnern und stampfenden Hufen jeden möglichen Feind heraus.
»Wenn Stiere zum ersten Mal einen Torero sehen, glauben sie, die Capa und der Mensch seien eins. Aus diesem Grund lassen sie sich durch das rote Tuch ablenken«, erklärte Juliano. »Beim zweiten Mal allerdings . . . vorausgesetzt natürlich, es gibt ein zweites Mal . . . kennt der schlaue Stier bereits die Wahrheit. Deshalb achtet man von der Stunde seiner Geburt an sorgfältig darauf, daß ein Stier vor seinem ersten Kampf nie eine Capa zu sehen bekommt. Es gibt nichts Gefährlicheres als einen Stier, der die Capa bereits kennt . . . und einem solchen Toro wird Muno Figero morgen beim Kampf mit Santiago in der Arena gegenüberstehen.«
José nickte langsam, als er die Bedeutung all jener

Dinge begriff, die sein Bruder gelernt hatte, während er geschlafen hatte.

»Ich glaube, Muno Figero wird nicht mehr lange genug leben, um Mexico City zu sehen«, entschied José.

Das war eine der seltenen Gelegenheiten, da Juliano seinem einfältigen Bruder recht geben mußte.

Der Profi

Robert McKay

Troy Mason war ein Bankräuber . . . ein Profi. Er war inzwischen dreißig, und in den vergangenen drei Jahren hatte er ausschließlich Banken ausgeraubt. Von seinem vierundzwanzigsten bis zu seinem siebenundzwanzigsten Lebensjahr hatte er im Gefängnis gesessen. Davor hatte er vier Jahre lang hauptsächlich Lohngelder gestohlen und gelegentlich Supermärkte überfallen. Er wußte jetzt, daß er damals Glück gehabt hatte, denn zu Beginn seiner Karriere war er schrecklich unerfahren gewesen und hätte eigentlich sofort gefaßt werden müssen. Da jedoch sein Glück angehalten hatte, hatte er das Geschäft langsam und gründlich erlernt. Daß er dann mit vierundzwanzig einmal Pech gehabt hatte, war für die Polizei, wie immer, wenn sie einen Profi schnappte, ein sehr glücklicher Zufall gewesen.

Mason war weder ein Rebell, noch ein neurotischer oder zwanghafter Verbrecher. Im Gefängnis hatte er immer sehr ungeduldig zugehört, wenn ihm die anderen Gauner erklärt hatten, warum sie stahlen, töteten oder andere komplizierte Verbrechen begingen.

Für Mason war das Verbrechen ein Geschäft, ein Beruf wie jeder andere. Er hatte nie das Bedürfnis, sich zu rechtfertigen. Mason war schon längst zu der

Einsicht gekommen, daß er nicht gegen die gesellschaftliche Ordnung war, sondern lediglich außerhalb stand. Mit den Gesetzen und Wertvorstellungen der Gesellschaft hatte er nichts zu tun.
Er war intelligent, und wie alle intelligenten Menschen, die einige Zeit hinter Gittern verbracht hatten, auch belesen. Daher wußte er, daß Kriminologen, Soziologen und Psychiater für Menschen mit seiner Lebenseinstellung nur kalte Verachtung empfanden. Schon aus diesem Grund hatte er im Gefängnis den Mund gehalten und war sämtlichen Tests aus dem Weg gegangen, um nicht eine Beurteilung zu bekommen, die ihn für die Maximaldauer einer zwei- bis zehnjährigen Gefängnisstrafe hinter Gitter gebracht hätte. Die Bezeichnung ›Psychopath mit kriminellen Neigungen‹ kam praktisch einem Todesurteil gleich.
Mason grinste humorlos, während er jetzt bewegungslos und aufmerksam in seinem dunklen Zimmer saß und durch den dünnen Vorhang die Bankgebäude auf der gegenüberliegenden Straßenseite beobachtete.
Er warf einen Blick auf die Uhr. Es war genau sieben Uhr und sechsundvierzig. Gaine hatte sich um eine Minute verspätet. In diesem Augenblick kam eine hagere Gestalt um die Ecke und ging zum Eingang der Fidelity Trust Company, East Side Branch. Zuverlässigkeit war das oberste Gebot für einen Bankdirektor. Und nachdem Mason den Mann zwei Wochen lang ununterbrochen beobachtet hatte, war er überzeugt, daß Harry Gaine äußerst zuverlässig war.
Mason hatte inzwischen eine ganze Menge über den Bankdirektor in Erfahrung gebracht, doch von den meisten Informationen würde er keinen Gebrauch

machen. So wußte er zum Beispiel, daß Gaine eine mollige Frau und eine magere Tochter, ein Haus am Stadtrand und eine Limousine, Baujahr zweiundsechzig, hatte, die er auf dem Parkplatz in einer Seitenstraße abstellte. Außerdem hatte er inzwischen beobachtet, daß Gaine an der Eingangstür der Bank zwei Schlösser mit zwei verschiedenen Schlüsseln öffnen mußte, und daß diese Prozedur mindestens sechs Sekunden in Anspruch nahm.

Mason wußte auch, daß ein Streifenwagen der Polizei pünktlich um sieben Uhr fünfundfünfzig an der Bank vorüberfuhr, und die Besatzung sich davon überzeugte, daß die Jalousie hinter dem Frontfenster der Bank geöffnet und diejenige hinter der Tür geschlossen war. Das galt als das verabredete Zeichen, daß alles in Ordnung war. Etwas allerdings wußte Harry Mason nicht.

Wie an jedem Morgen klopfte der Pförtner Ben Griffin pünktlich um acht Uhr an die Glastür der Bank, und da Mason, sobald sich die Tür hinter Griffin wieder geschlossen hatte, nicht mehr sehen konnte, was drinnen passierte, war es ihm auch verwehrt, jene Tatsache in bezug auf Harry Gaine zu erfahren, die ihn am meisten interessiert haben müßte.

»Mein Gott, Mr. Gaine, mir wär's wirklich lieber, wenn Sie sich von diesem Ding trennen könnten«, sagte der Pförtner. Das sogenannte ›Ding‹ war eine automatische Armeepistole, Kaliber fünfundvierzig, die auf dem Schreibtisch des Bankdirektors lag. »Unsere Bank wird sowieso nie überfallen«, fuhr der Pförtner fort. »Und falls es doch mal dazu kommen sollte, können Sie das durch eine Schießerei mit einer Bande von eiskalten Verbrechern auch nicht verhin-

dern. Im übrigen haben wir strikte Anweisung, im Ernstfall keinen Widerstand zu leisten.«
Gaine ging darauf erst gar nicht ein. Er wußte besser als Griffin, daß er die Vorschriften der Zentrale grob verletzte. Allerdings hatte er auch am eigenen Leib erfahren, was es bedeutete, zehn Jahre mit der Schande leben zu müssen, von einem sechzehnjährigen Jungen mit einem Kleinkalibergewehr ohne Abzugshebel überfallen worden zu sein. Die Pistole gab Harry Gaine das Gefühl, gegen die Möglichkeit geschützt zu sein, je wieder eine solche Erniedrigung hinnehmen zu müssen.
Der Bankdirektor war ein stolzer und ehrgeiziger Mann. Natürlich hatte er nicht die Absicht, mit dieser Pistole die Bank allein gegen eine Bande von Bankräubern zu verteidigen. Er wollte lediglich verhindern, daß es irgendeinem dahergelaufenen Bengel noch einmal gelang, einen Narren aus ihm zu machen. Allein aus diesem Grund lag die Pistole in seiner Schreibtischschublade. Vor dem Eintreffen der weiblichen Angestellten nahm er die Waffe gelegentlich heraus und betrachtete sie. Dabei überlegte er meistens, was er tun würde, falls jemand versuchen sollte, die Bank mit einer Spielzeugpistole oder einem Kleinkalibergewehr zu überfallen.
Um zehn nach acht hielt ein Wagen vor der Bank, und zwei Frauen stiegen aus. Die große, rothaarige Bessie Tryson bückte sich und gab ihrem Mann einen Abschiedskuß, während die andere, eine hübsche Blondine namens Alice Michaels, über den Gehsteig lief und an die Tür der Bank klopfte. Bessie war die Kassiererin der Bank, und Alice arbeitete als Schalterbeamtin.

Zwischen acht Uhr fünfzehn und acht Uhr dreißig betraten zwei weitere weibliche Angestellte die Bank. Sie waren beide noch sehr jung, so daß man davon ausgehen konnte, daß sie keine Schwierigkeiten machen würden. Allerdings hatte die Bank eine Alarmanlage, und Troy war klar, daß er alle, und insbesondere Gaine und Bessie Tryson, davon überzeugen mußte, sie nicht auszulösen.
Um zehn Uhr, eine Stunde nach Öffnung der Bank, verließ Troy seinen Platz am Fenster und rasierte sich. Er kämmte sein schwarzes, kurzgeschnittenes Haar und zog einen unauffälligen, dunkelblauen Anzug an. Dann ging er zu Fuß zu seinem zwei Jahre alten Wagen, den er fünf Seitenstraßen weiter abgestellt hatte, und fuhr ins Stadtzentrum.
Troy lenkte das Auto vorsichtig durch die grauen, schmutzigen Straßen. Der Schnee war zwar geschmolzen, doch vom Frühling war noch nichts zu spüren. Troy empfand plötzlich eine Mischung aus Ungeduld und Angst. Er kannte dieses Gefühl, das ihn während der langweiligen, nervenaufreibenden Zeit des Wartens häufig erfaßte. Es löste bei ihm jedesmal ein starkes Verlangen nach Alkohol, einer Frau oder irgendeiner anderen Art von Wärme und Zärtlichkeit aus. Zwar konnte er diese Stimmung unterdrücken, doch sie blieb eine unangenehme Begleiterscheinung, die ihn gegen seinen Willen nervös machte.
Um in der Stadt seine Anonymität zu bewahren, mußte er jeden persönlichen Kontakt zu seiner Umwelt vermeiden. Er besuchte deshalb Kinos statt Nachtklubs und hielt sich tagsüber meistens in öffentlichen Bibliotheken auf, da er schon Jahre zuvor

herausgefunden hatte, daß dort die Privatsphäre eines Menschen streng respektiert wurde.
Nachdem er in einem kleinen Restaurant gefrühstückt hatte, betrat er daher die Bibliothek, ging geradewegs in die Abteilung für Technik und war bald in die Beschreibung der SL 300 vertieft.
Plötzlich bekam er einen harten Schlag auf den Kopf. Er sprang auf und wirbelte herum. Hinter seinem Stuhl stand ein Mädchen mit einem Stapel Bücher auf dem Arm und starrte ihn aus entsetzten, um Verzeihung bittenden Augen an.
»Entschuldigen Sie bitte vielmals«, murmelte sie mit hochroten Wangen.
Troy grinste. »Es ist ja nichts passiert.« Dann hob er das Buch auf, doch anstatt es auf den Stapel zurückzulegen, den das Mädchen in den Armen hielt, nahm er ihr kurzentschlossen die Hälfte der Bücher ab und fragte: »Wo sollen die denn hin?«
»Zu meinem Schreibtisch«, flüsterte sie, und Troy merkte plötzlich, daß er mit normaler Lautstärke gesprochen und damit jene Aufmerksamkeit erregt hatte, die er ja gerade vermeiden wollte. Er folgte dem Mädchen stirnrunzelnd um den langen Tisch herum und zu einem Schreibtisch am anderen Ende des Raums.
»Danke«, murmelte sie und legte ihre Bücher ab. »Die Direktorin würde einen Anfall bekommen, wenn sie wüßte, was mir gerade passiert ist.«
»Arbeiten Sie hier?« Sie war nicht unbedingt hübsch, hatte jedoch einen sinnlichen Mund und einen aufreizenden Gang, was nicht ganz zu den Vorstellungen paßte, die Troy sich von Bibliothekarinnen machte.

»Ich bin die Assistentin der Leiterin der technischen Abteilung«, erklärte sic leise und errötete unter seinem prüfenden Blick. Sie sieht wie eine Sexbombe aus und benimmt sich wie eine unerfahrene Dreizehnjährige, dachte Troy.
Danach hatte er sie ungefähr eine Stunde lang vergessen, bis er von seinem Buch aufsah und sich ihre Blicke trafen. Sie senkte sofort die Augen. Troy beobachtete, wie sie langsam rot wurde, begutachtete ihr streng geschnittenes Kostüm und fragte sich, ob sie darunter ihre Figur zu verstecken versuchte. Er schätzte ihr Alter auf vierundzwanzig oder fünfundzwanzig. Sie trug ihr weizenblondes Haar lose aufgesteckt, und soweit er sich erinnerte, waren ihre Augen braun. Das war ungewöhnlich, denn seiner Erfahrung nach gehörte zu braunen Augen kastanienbraunes Haar.
Plötzlich hob sie die Hand, um eine lose Strähne ihres hellen Haares festzustecken, und Troy stockte der Atem. Er hatte ein hohles, prickelndes Gefühl in der Magengegend.
Vergiß es, dachte er.
Um drei Uhr stand er auf und stellte seine Bücher in die Regale zurück. Das Mädchen hatte ihn nicht wieder angesehen, was ihm nur lieb sein konnte. Es kam nur selten vor, daß man einer Frau in die Augen sah, und darin etwas erblickte . . . vielleicht sogar sich selbst. Und dann wußten der Mann und die Frau sofort, daß etwas Tiefgreifendes und Großartiges zwischen ihnen geschehen konnte. Es war ihm erst einmal in seiner Jugend passiert, und dann nie wieder. Und jetzt konnte er es sich nicht leisten, es geschehen zu lassen.

Am nächsten Tag, einem Freitag, zog er aus der Pension gegenüber der Bank aus und mietete im größten Hotel der Stadt ein Zimmer. Sein Gepäck bestand aus einem abgenutzten Koffer mit zwei Fächern und einer Aktentasche. Der Koffer hatte einen doppelten Boden, unter dem sich ein ungefähr fünf Zentimeter hohes Geheimfach befand.
Am darauffolgenden Morgen verließ er das Hotel mit der Aktentasche um halb sieben, ging drei Blocks weiter, frühstückte ausgiebig in einem kleinen Restaurant, las sämtliche Zeitungen, trank dazu mehrere Tassen Kaffee und kehrte dann ins Hotel zurück. Diese Verhaltensweise würde er während einer Woche jeden Morgen wiederholen, damit sich die Hotelangestellten daran gewöhnten, ihn mit einer Aktentasche gehen und auch wieder kommen zu sehen. Außerdem diente die Woche dazu, ihn sowohl zeitlich als auch räumlich von der unmittelbaren Umgebung der Bank zu trennen. Außerdem hatte er vor, nach dem Überfall noch einige Tage im Hotel zu bleiben und abzuwarten, bis sich alles wieder etwas beruhigt hatte.
Das Schlimmste an der Zeit des Wartens war, daß er sich zu viele Gedanken darüber machte, was wirklich in der Bank passieren würde. Natürlich kannte er das Hochgefühl und die eiskalte Ruhe, die ihn befallen würden, sobald er drinnen war, doch solange er wartete und nachdachte, war es nur allzu leicht, sich vorzustellen, was geschehen könnte, wenn jemand hysterisch zu schreien anfing, oder plötzlich ein Polizist hereinplatzte . . .
Montagmorgen kehrte er in dem Bewußtsein in die Bibliothek zurück, daß er sich auf keinen Fall mit dem

Mädchen einlassen durfte. Er redete sich ein, nur lesen zu wollen, erkannte, daß das eine Lüge war, ging aber trotzdem.
Als er hereinkam, saß sie hinter ihrem Schreibtisch. Sie registrierte mit einem Blick seine Gegenwart und ihre Augen hießen ihn beinahe willkommen. Er wollte lächeln, doch seine Backenmuskeln waren merkwürdig steif. Als er endlich ein Lächeln zustande brachte, hatte sie den Kopf gesenkt, und er stand da und grinste dümmlich auf ihr Haar herab. Sie trug dieselbe unordentliche Hochfrisur wie am Vortag. Die Vorstellung, daß eine Frau so ungeschickt oder uneitel sein konnte, erfüllte ihn plötzlich mit einer seltsamen Erregung.
Mann, dachte er. Das ist komplett verrückt! Das ist doch pubertär!
Nach einiger Zeit stand er auf, unterdrückte jeden vernünftigen Gedanken, ging zu ihr und sagte: »Haben Sie Lust, heute abend mit mir essen zu gehen?«
»Wie? Also . . .« Sie wurde rot, schien jedoch kein bißchen verlegen zu sein. »Also, gut. Ja, ich habe Lust«, erwiderte sie. »Gerne.« Sie lachte. Sie hatte ein volles, angenehmes Lachen. »Eigentlich sollte das nicht so begeistert klingen«, fügte sie hinzu. »Ich höre um sechs Uhr zu arbeiten auf. Wenn Sie möchten, können wir uns vor dem Eingang treffen.«
Draußen ging er in dem Bedürfnis, die Bibliothek so weit wie möglich hinter sich zu lassen, fünf Blocks weit einfach geradeaus. Er war wütend auf sich selbst. Was fällt dir eigentlich ein, fragte er sich. Und was ist das überhaupt für ein Mädchen, das sich von einem wildfremden Mann einladen läßt?

Er stapfte wütend weiter und gab sich ganz jener inneren Anspannung hin, die er den ganzen Vormittag des kommenden Freitags spüren würde. In drei Tagen setzte er sein Leben für einen Sack voller Geld aufs Spiel. Ausschließlich darauf mußte er sich konzentrieren. Wie kam er überhaupt dazu, einer rehäugigen Bibliothekarin den Hof zu machen?
Sie kam pünktlich um sechs Uhr aus der Bibliothek. Plötzlich sah sie viel kleiner und zierlicher aus, als er sie in Erinnerung gehabt hatte. Der weite Mantel verbarg ihre üppigen Formen, so daß sie sehr jung und zerbrechlich wirkte.
»Ich heiße Felicity Warren«, stellte sie sich vor, als sie nebeneinander die Treppe hinunterliefen. Er nannte den Namen, den er im Hotel angegeben hatte. Sie aßen in einem einfachen, gemütlichen Restaurant im Zentrum. Sie hatte größeren Appetit als er. Er verspürte Verlangen, aber mit Essen hatte das nichts zu tun. Schließlich knöpfte sie ihre Kostümjacke auf, und ihre vollen Brüste zeichneten sich unter der dünnen Bluse deutlich ab. Sein Blick schweifte zu ihrem Haar. Es glänzte wie goldgelber, reifer Weizen in der Sonne. Jetzt wirkten ihre unordentlich aufgetürmten Locken ausgesprochen verführerisch.
Während des Essens unterhielten sie sich ein wenig, doch Troy wußte später nicht mehr, was er gesagt hatte. Erst beim Kaffee erzählte sie von sich, und davon behielt er jedes Wort. Sie war sechsundzwanzig, ledig, lebte allein, wollte eines Tages gern heiraten, wünschte sich viele Kinder, haßte die Abteilung für Technik, liebte Musik, glaubte an Gott, war oft einsam, wußte, daß sie einen sinnlichen Körper hatte, fand ihr Gesicht hausbacken und war manchmal

davon überzeugt, daß sie als alte Jungfer enden würde.
Später, als Troy im Bett lag, wurde ihm klar, daß sie das alles nicht gesagt haben konnte. Und er wußte, daß sie tatsächlich nicht all diese Dinge gesagt hatte, und war trotzdem überzeugt, daß sie stimmten.
Als er sie nach Hause brachte, steckte sie den Schlüssel ins Schloß und drehte sich dann mit einem Lächeln zu ihm herum. In diesem Augenblick sah sie in ihrem weiten Mantel wieder wie ein kleines Mädchen aus. Er legte die Hände auf ihre Schultern, beugte sich langsam zu ihr herab und küßte sie vorsichtig. Dann zwang er sich zu einem Lächeln und berührte ihre Lippen erneut in einem flüchtigen Kuß.
»Bis morgen«, sagte er, wandte sich abrupt ab und ließ sie allein vor ihrer Tür stehen.
Am nächsten Morgen wurde ihm dann klar, daß er sie nicht wiedersehen durfte. Er begriff einfach nicht, was zwischen ihm und Felicity Warren geschehen war. Aber was es auch sein mochte, es konnte niemals neben einem Schrotgewehr mit abgesägtem Lauf und der brutalen Gewalt eines Banküberfalls existieren. In diesem Punkt war er ganz sicher. Hinterher vielleicht ... Vielleicht konnte er danach über seinen Schatten springen und eine Weile in der warmen, pulsierenden Welt von Felicity Warren leben.
Es vergingen der Dienstag, der Mittwoch und schließlich auch der Donnerstag. Lediglich am Mittwochabend, kurz vor dem Einschlafen, stahl sie sich in sein Bewußtsein und beherrschte es, bis der Schlaf ihn übermannte.
Troy wachte gegen fünf Uhr auf, lag im Dunkeln wach und versuchte an gar nichts zu denken, bis sein

kleiner Reisewecker um Viertel vor sechs läutete. Er stand auf, rasierte sich und dachte noch immer nicht an das, was er vorhatte. Erst nachdem er die Hose seines dunkelblauen Anzugs und ein weißes Hemd angezogen und sich eine dezente Krawatte umgebunden hatte, öffnete er den Koffer, löste durch Fingerdruck die unsichtbaren Federn im falschen Boden und nahm ihn heraus.
Darunter kam ordentlich verpackt das Schrotgewehr zum Vorschein. Es war eine doppelläufige Flinte, Kaliber zwölf, mit einem Pistolengriff aus Walnußholz. Troy nahm sechs grellrote Schrotpatronen aus einer Hülle, lud das Gewehr und steckte die restlichen vier Patronen in die Hosentasche.
Schließlich legte er einen leichten Regenmantel, einen weichen Filzhut und einen einfachen grauen Wäschesack in den Aktenkoffer, schob die Gummistöpsel für die Nase und die Wangenpolster aus Watte in die Tasche und holte die Schulterhalfter aus Leder heraus. Er hatte die Halfter speziell für dieses Schrotgewehr konstruiert. Wenn er sie umschnallte, hing der Griff der Schrotflinte über dem Hosenbund in einer Lederhalterung, während der Lauf in einer Schlinge unter der Achsel lag.
Auf diese Weise konnte Mason die Hand in den offenen Taschenschlitz seines Trenchcoats stecken und blitzschnell ziehen.
Troy verließ das Hotel um halb sieben, fuhr mit dem Bus bis zu der Haltestelle, in deren Nähe er den Wagen geparkt hatte, setzte sich hinters Steuer und schaltete die Zündung ein. Während der Motor warmlief, tauschte er seinen Wollmantel gegen den leichten Trenchcoat ein. Als er losfuhr, war es sieben

Uhr zwanzig.

Während Troy den Wagen langsam durch die Straßen lenkte, setzte er den Filzhut auf, schob die Gummistöpsel in die Nasenlöcher und die Wattepolster in die Wangen. An der nächsten Kreuzung betrachtete er sich zufrieden im Rückspiegel.

Um sieben Uhr siebenundvierzig kam Harry Gaine mit schnellen Schritten um die Ecke. Troy wartete, bis der Bankdirektor den Eingang fast erreicht hatte, bevor er aus dem Wagen stieg. Die Morgensonne schien durch die tiefhängenden Märzwolken und füllte die Straße mit gleißendem Licht. Troy dachte unwillkürlich an Felicity. Okay, dachte er, vielleicht ist das das letzte Mal.

Er griff in den Taschenschlitz des Trenchcoats, löste das Schrotgewehr aus der Halterung und trat hinter Harry Gaine, als dieser gerade den Schlüssel im zweiten Schloß herumdrehte.

»Ich komme heute mit Ihnen, Gaine«, sagte Troy mit tonloser Stimme. »Machen Sie keine Dummheiten.«

Der Bankdirektor sah sich langsam mit offenem Mund und großen Augen um. Troy drückte ihm kurz den Lauf der doppelten Flinte in den Rücken. »Gehen Sie rein, oder ich drücke ab.«

Gaine hob den Kopf, und ihre Blicke trafen sich. Dann machte er die Tür auf, und sie betraten zusammen die Bank. »Bleiben Sie ganz ruhig«, riet Troy freundlich. »Wenn Sie keine Dummheiten machen, behält Ihre Frau den Mann und Ihre Tochter den Vater.«

Der Bankdirektor starrte ihn an. Er war bleich, und seine Mundwinkel zuckten. Er hat Angst, und ich werde auf ihn aufpassen müssen, dachte Troy.

Die Bank bestand aus einem einzigen Raum, der

durch die vergitterte Schalterreihe in zwei Teile geteilt wurde. Eine hüfthohe Klapptür führte zum Büroraum hinter den Schaltern, an dessen Rückwand die massive Tür der Stahlkammer eingelassen war.
»Und jetzt öffnen Sie wie jeden Morgen die Jalousie«, forderte Troy den Bankdirektor lächelnd auf.
Um drei Minuten vor acht Uhr rollte der Streifenwagen vorbei. Troy spähte durch die Ritzen der Türjalousie und beobachtete, wie die beiden Polizeibeamten einen flüchtigen Blick auf das Schaufenster der Bank warfen. Fünf Minuten später klopfte der Pförtner. Troy öffnete ihm und trat hinter die Tür, bis der Mann im Raum stand. Dann machte er die Tür wieder zu und hob das Schrotgewehr.
»Stellen Sie sich neben Ihren Chef, Ben, dann passiert Ihnen nichts«, sagte Troy zu ihm.
Ben Griffin wurde aschfahl. »Nicht . . . nicht schießen«, stammelte er heiser.
»Halten Sie den Mund und stellen Sie sich dorthin!« befahl Troy. Beide Männer starrten wie hypnotisiert auf die furchterregende große Mündung der doppelläufigen Flinte.
Als nächste kamen Bessie Tryson und Alice Michaels. Alice Michaels klopfte an die Glastür, während Bessie Tryson noch am Straßenrand durch das geöffnete Wagenfenster mit ihrem Mann sprach. Troy ließ die hübsche Blondine warten und verfluchte insgeheim Bessie. Schließlich klopfte Alice Michaels ungeduldig ein zweites Mal. Wut und Angst erfaßten Troy. Bessie stand noch immer neben dem Wagen. Troy öffnete die Tür. Alice trat ein, drehte sich um und rief: »Beeil dich, Bessie!« Troy stand wie erstarrt. Falls ihn das Mädchen in diesem Augenblick sah . . .

Alice schien eine halbe Ewigkeit auf der Schwelle auf Bessie zu warten. Dann endlich hörte Troy das Klappern von Absätzen auf dem Gehsteig, und im nächsten Augenblick kamen die beiden Frauen lachend herein. Ihr Lachen erstarb, und sie hielten entsetzt die Luft an. Troy richtete das Schrotgewehr absichtlich nicht direkt auf die beiden.
»Ganz ruhig, meine Damen«, sagte er sanft. »Es wird niemandem was passieren. Also, verhalten Sie sich bitte ruhig.«
Während Bessie ihn kalt und berechnend ansah, begann Alice stumm zu weinen. Sie weinte die ganze Zeit über, da sie sich dabei jedoch ruhig verhielt, kümmerte sich Troy nicht weiter um sie.
Als letzte kamen die drei jungen Mädchen. Sie sahen ihn mit großen, erstaunten Augen an und stellten sich dann gehorsam neben die anderen an die Wand.
»Also, jetzt hören Sie mir mal gut zu«, begann Troy mit einer Stimme, die selbst in seinen Ohren rauh und hart klang. »Ich weiß, daß diese Bank eine Alarmanlage besitzt, und ich weiß auch, wo sich die Knöpfe befinden. Ich rate keinem von Ihnen, diese Knöpfe zu bedienen. Falls die Bullen kommen, wird der, der die Alarmanlage ausgelöst hat, als erster erschossen.«
Troys Stimme klang noch schneidender, als er fortfuhr: »Sie gehen jetzt alle da rein!« Er deutete mit dem Schrotgewehr auf die Schwingtür. »Jeder setzt sich an seinen Schreibtisch.« Er sah auf die Uhr. »Das Zeitschloß ist in genau drei Minuten abgelaufen, stimmt's, Harry?« Gaine antwortete nicht. Er hatte wieder Farbe bekommen und machte eine grimmig entschlossene Miene.

Um acht Uhr einunddreißig sagte Troy: »Öffnen Sie die Stahlkammer, Harry.« Gaine starrte ihn nur stumm und trotzig an. »Aufmachen!« wiederholte Troy und richtete die Mündung des Schrotgewehrs langsam auf Gaines Magen.
»Tun Sie bitte, was er sagt!« drängte Bessie Tryson ängstlich. »Sehen Sie nicht, daß er ein Killer ist?«
Troy war plötzlich zu seinem eigenen Erstaunen entsetzt. Für den Bruchteil einer Sekunde glaubte er Felicitys verwunderte Augen zu sehen. Dann schüttelte er die Vorstellung hastig ab.
Gaine stand vor der Tür zur Stahlkammer und stellte die Kombination ein. Die schwere Tür schwang lautlos auf. Das war das Ende des Regenbogens.
»Okay, Gaine. Sie setzen sich jetzt dort drüben hin.« Er warf Alice Michaels den Wäschesack zu. »Sie gehen in die Stahlkammer, Alice, und packen alles außer Münzen und Silber ein.«
Alice stand noch immer lautlos weinend auf und sah Gaine hilflos an. Als dieser nickte, verschwand sie mit dem Wäschesack in der Stahlkammer. Troy trat einen Schritt weiter vor, so daß er sie nicht aus den Augen verlor. Alice begann leise schluchzend Geldbündel in den Sack zu füllen.
Troy fühlte, wie ihn die bekannte Erregung erfaßte. Während der ganzen Zeit über versuchte er Harry Gaine nicht aus den Augen zu lassen. Der Bankdirektor saß bewegungslos, jeder Muskel gespannt, hinter seinem Schreibtisch. Troy hatte den Eindruck, daß der Mann etwas im Schilde führte.
Schließlich schweifte Troys Blick ungeduldig zur Stahlkammer. Er konnte das Mädchen, das die schönen, grünen Banknoten in den Wäschesack stopfte,

nicht zur Eile antreiben, aber er wartete sehnsüchtig auf den Augenblick, in dem er sein Geld in den Händen halten konnte.

»Ist die Stahlkammer belüftet?« erkundigte sich Troy.

Gaine nickte widerwillig.

In diesem Moment kam Alice Michaels mit einem prall gefüllten Wäschesack aus der Stahlkammer, und Troy wurde endlich von dem wilden, übermächtigen Triumphgefühl erfaßt, auf das er gewartet hatte. Sein letzter Coup war auch der erfolgreichste.

Er drehte sich um, um dem Mädchen den Sack abzunehmen, doch Alice zuckte ängstlich vor ihm zurück, und der Sack fiel zu Boden. Troy bückte sich und hob ihn auf. Als er sich aufrichtete, hörte er plötzlich ein Geräusch. Bevor er noch reagieren konnte, explodierte der ganze Raum in einem einzigen ohrenbetäubenden Knall, und er wurde mit der Wucht eines Schmiedehammers nach vorn geworfen und fiel benommen und fassungslos ins Leere.

Das nächste, was er wußte, war, daß er auf allen vieren auf dem Fußboden kauerte. Er war getroffen, konnte jedoch nicht feststellen, welcher Körperteil verletzt war, denn er spürte keinen Schmerz. Während er langsam zu sich kam, machte er sich auf den nächsten Schuß gefaßt, doch der blieb aus. Schließlich stand er auf. Das Schrotgewehr hatte er schußbereit in der rechten Hand. Sein linker Arm hing bleischwer und gefühllos herab. Der Sack mit dem Geld war verschwunden. Doch in diesem Augenblick interessierte ihn das Geld nicht. Er wollte den Mann, der auf ihn geschossen hatte.

Harry Gaine stand hinter seinem Schreibtisch und fummelte aufgeregt am Schloß seiner großen Pistole,

Kaliber fünfundvierzig, herum. Troy richtete das Schrotgewehr auf ihn und krümmte den Finger am Abzug. Gaine sah auf. Seine Augen traten fast aus den Höhlen. Endlich schnappte das Schloß wieder ein.

Doch jetzt war es zu spät.

Troys Finger am Abzug krümmte sich. Und in diesem Augenblick zwischen Leben und Tod, als die Mündung der Fünfundvierziger auf ihn zuschwang, schloß Troy die Kluft zwischen ihm und Felicity Warren mit einem nahezu phantastischen Sprung.

Ich muß ihn nicht töten, ich kann die Waffe wegwerfen und aufgeben, schoß es ihm blitzschnell durch den Kopf.

Und im klaren Bewußtsein dieser Möglichkeit drückte er ab. Harry Gaine wurde von der Wucht des grausamen Geschosses rücklings gegen die Wand geworfen und sank schwer getroffen zu Boden.

Alice Michaels schrie hysterisch auf und wurde ohnmächtig, während Bessie Mason ihn nur leichenblaß und stumm anstarrte. Ben Griffin war zwischen zwei Schreibtischen in Deckung gegangen.

Troy drehte sich um. Sein linker Arm war völlig gefühllos. Blut rann über seine Fingerspitzen und färbte den Mantelärmel dunkel. Von seiner Schulter aus breitete sich langsam ein dumpfer, bohrender Schmerz aus.

Es schien bereits eine Ewigkeit her zu sein, seit ihn die Kugel mit der Wucht eines Schmiedehammers getroffen hatte, doch bei kühler Überlegung wußte er, daß inzwischen höchstens fünfzig Sekunden vergangen sein konnten. Dann sah er den Wäschesack mit dem Geld. Ohne die anderen weiter zu beachten,

steckte er das Schrotgewehr ein, schulterte den Sack und verließ die Bank.
Draußen auf der Straße schien grell die Sonne. Auf dem gegenüberliegenden Gehsteig stand eine Frau und starrte ihn unverwandt an. Sie trug keinen Hut, und ihr blondes Haar, das in der Sonne leuchtete, erinnerte ihn an Felicity.
Seine Gedanken waren völlig klar. Das Hotelzimmer und Felicity konnte er streichen. Ihm blieb jetzt lediglich der Wagen, das Schrotgewehr, die Beute und der gefühllose, blutende Arm.
Alles hatte sich auf diesen jämmerlichen Rest reduziert. Und es war gekommen, wie es kommen mußte, und er hatte es immer gewußt. Als er zum Wagen lief und merkte, daß er schwankte und Blutspuren auf dem Pflaster hinterließ, war ihm klar, daß er keine Chance hatte.
Der Wagen fuhr mit einem Ruck an, als er auf den Gashebel trat und mit der rechten Hand lenkte. Seine linke Schulter und sein linker Arm brannten wie Feuer. Auf dem Gehsteig gegenüber der Bank stand wie angewurzelt die blonde Frau. Er dachte noch einmal, ein letztes Mal an Felicity. Die Straße war leer, doch weit hinten in der Ferne hörte er bereits den ersten Sirenenton.

Fata Morgana

Charlotte Edwards

Ich erwarte nicht, daß Sie mir glauben – im Gegenteil, es wäre besser, wenn Sie die Geschichte nicht verstehen würden.
Harry und ich jedoch, wir müssen damit leben. Zumindest versuchen wir es. Harry bereist nach wie vor sein Gebiet. Aber nach Phoenix und Tucson nimmt er nur noch das Flugzeug. Dadurch ist er nicht mehr so lange von zu Hause fort, und es ist nicht so gefährlich für ihn.
Außerdem fühle ich mich ohne Harry ängstlich und habe seit einiger Zeit Alpträume.
Alles begann mit der Heimreise von Tucson.
Gegen zwei Uhr nachmittags fuhren wir los, nachdem Harry seinen letzten Kunden besucht hatte. Wir waren beide schweigsam und verstauten unser Gepäck in Harrys Kombiwagen. Einen Augenblick lang verharrten wir an der Türschwelle des Zimmers, das uns für eine Nacht beherbergt hatte. Harrys Arm lag fest um meine Taille.
Dieser Augenblick wird mir immer klar und deutlich in Erinnerung bleiben. Denn seitdem sollten wir nie mehr ruhig schlafen können oder eine ganz normale Antwort auf eine alltägliche Frage finden. Unser Vertrauen in die Fähigkeiten des menschlichen Geistes wurde für immer zerstört.

Ich hörte das Plätschern des Swimmingpools, als wir losfuhren, und es klingt heute noch in meinem Ohr. Der breite Kühler des Wagens deutete nach Nordwesten. Harrys Arm lag auf der Rücklehne, und seine Finger berührten leicht meine Schulter.
»Wir fahren eine andere Route zurück«, sagte er. »Ein neues Stück Autobahn ist fertiggestellt worden. Früher gab es da nur eine holprige, sehr einsame Straße. Ich bin sie öfters gefahren, weil die Strecke kürzer ist.«
Vor uns lag das schmale Band der Straße, das sich in der unendlichen Weite verlor. Wir waren auf dem Weg zurück nach Kalifornien.
Die Landkarte der Vereinigten Staaten zeigt deutlich die unterschiedlichen geographischen Strukturen. Der Osten ist blaßgrün und gelb, übersät mit schwarzen Punkten – Hunderten von Städtenamen. An den Grenzen zu Texas im Süden und Dakota im Norden ändert sich die Farbe. Sie geht in ein kräftiges Orange über, durchzogen vom Purpurrot der Gebirge. Hier unterbrechen nur wenige Städtenamen die leuchtenden Farben. Man vermeint die Hitze des trockenen Landes zu spüren.
Wir waren etwa zehn Meilen von Tucson entfernt, als ich fühlte, wie ich mich in der Weite dieses Landes verlor. Flirrend dehnte sich die Wüste um uns aus, am Horizont begrenzt von zerklüfteten Felsen. Die klare Luft rückte sie in trügerische Nähe. Bizarr geformte Wolken zerflossen im tiefen Blau des Himmels.
Meile um Meile rollten wir dahin. Die Klimaanlage summte leise. Wir saßen wie in einem hermetisch verschlossenen Eisenbahnabteil; draußen glitt die eintönige Landschaft vorüber. Und doch fühlte ich

mich als Teil davon.
Wir sprachen beide nicht viel. Diese Reise hatte uns einander nähergebracht, wir waren zufrieden und glücklich. Harry ist sehr viel unterwegs, und die Stunden, die wir zusammensein können, genügen uns bei weitem nicht.
Harry und ich, wir haben uns immer gut verstanden. Wir mögen uns. Jede Minute, die wir zusammen verbringen können, ist kostbar. Da wir drei halberwachsene Töchter haben und er die meiste Zeit verreist ist, sind diese Momente selten geworden.
Eines Tages schlug Harry vor: »Myra, komm, fahr diesmal mit. Die Mädchen können sich selbst versorgen.« Er kam zu mir und küßte mich auf die Stirn.
Und nach all den Jahren, die ich mit ihm verbracht hatte, war ich noch immer empfänglich für seine Zärtlichkeiten. Diese kleine Geste berührte mich zutiefst.
Bittend schauten mich seine Augen an. Er wollte einige Tage allein sein mit mir; mit mir reden, schwimmen, einen Drink genießen vor dem Abendessen, sich zurechtmachen und irgendwohin nett ausgehen.
Ich schüttelte den Kopf. Er zog seine Hand zurück und ging wieder zu seinem Sessel. Seine ganze Gestalt drückte die Enttäuschung aus. Das gefiel mir nicht.
So kam es, daß ich diesmal Harry begleitete. Mrs. Mackintosh, eine Nachbarin, würde sich um die Mädchen kümmern. Im Gepäck hatte ich ein bodenlanges, weißes Nachthemd mit dazu passendem Morgenrock, ein Geschenk der Mädchen zum Muttertag. Es kam mir etwas zu jugendlich vor, aber ich war

kühn genug, es anzuziehen. Ich trug es zweimal, in Phoenix und in Tucson.
Nach dieser zweiten Hochzeitsreise verblaßte die Erinnerung an unsere erste. Harrys Hand, die von Zeit zu Zeit meinen Arm drückte, machte jedes Wort überflüssig.
In einem kleinen Städtchen namens Casa Grande hielten wir an. Hier aß Harry immer eine Kokosnußtorte in einem schäbigen kleinen Café. Der Geschmack dieser Torte wird unlösbar verbunden bleiben mit diesem Tag, diesem Ort.
Aber nichts und niemand würde mich je wieder dorthin bringen.
Die Hitze war unerträglich. Schweißgebadet schlüpften wir in unser kühles Auto.
»Jetzt wird's langweilig. Die Strecke bis Yuma ist furchtbar eintönig«, erklärte mir Harry. Die Torte und der Kaffee schienen ihn erfrischt zu haben. »Nach Gila Bend fahren wir nur noch durch Wüste.«
Ich schaute mich um. Wir waren bereits mitten in der trostlosen Einsamkeit. »Wie haben die Menschen das nur ausgehalten? Wie haben sie das überlebt?«
»Das frage ich mich auch«, stimmte Harry zu.
Ich blickte zurück. Irgend etwas an den Häusern kam mir bekannt vor. Plötzlich fiel es mir ein.
»Es wirkt wie ein Fernsehfilm«, rief ich aus.
»Es ist Indianerland«, bemerkte Harry. »In Arizona leben mehr Indianer als in allen anderen Staaten zusammen.«
Er deutete mit dem Arm auf die Sträucher, die im Sand wuchsen. »Das sind Mesquitbäume.«
Ich wußte nichts darauf zu sagen. Ich verlor allmählich den Bezug zur Gegenwart und fühlte mich um

Jahrzehnte zurückversetzt – in die Zeit der Pioniere, die durch dieses Land gezogen waren. Ich konnte ihre Einsamkeit nachempfinden, ihre Furcht, ihren Mut und ihr Leid. Ich schaute zum Himmel auf, in die unbarmherzig glühende Sonne. Wie schnell waren meine Arme und Beine zuerst rot und dann braun geworden, in nur fünf Tagen. Wie war es den Menschen ergangen, die zu Fuß dieses ausgedörrte, mörderische Gebiet durchquert hatten? Sie waren nicht in einem klimatisierten Wagen dahingeglitten! Dann umschlossen uns Kakteenwälder, die Pflanzen reckten ihre staubbedeckten, stachligen Finger in den Himmel. Die Straße wand sich durch die ersten Ausläufer der Berge. Plötzlich schauderte es mich, und mir wurde schwindlig.
»Ist dir kalt? Soll ich die Klimaanlage niedriger stellen?« Harry streckte die Hand nach dem Schalter aus. Ich schüttelte den Kopf. Die Straße verbreitete sich, wir waren auf der Autobahn. Der Motor schnurrte gleichmäßig, und Harry atmete auf: »Ah, das ist besser.«
Ohne anzuhalten fuhren wir durch Gila Bend, einem kleinen, von der Sonne ausgedörrten, menschenleeren Städtchen.
Dann waren wir wieder allein. Harry und Myra, die neuzeitlichen Pioniere auf dem Weg nach Kalifornien, auf der Suche nach einem Ort zum Leben. Es tat mir leid, daß ich nicht mehr über meine Vergangenheit wußte, daß ich meine Großeltern nicht nach ihrem Leben gefragt hatte. Wenn doch ein Familienmitglied unsere Geschichte in der Familienbibel aufgezeichnet hätte!
»Man muß eines beachten«, begann Harry nach lan-

gem Schweigen, »die Randstreifen sind nicht befestigt. Die Schilder warnen davor, mit dem Sand in Berührung zu kommen. Man muß sich davor hüten, über den Rand hinaus zu geraten. Entweder überschlägt sich der Wagen . . .«
»Harry, bitte«, wehrte ich ab.
»Oder«, fuhr er unbeirrt fort, »man verliert die Gewalt über den Wagen und prallt mit einem entgegenkommenden Fahrzeug zusammen.«
Beruhigt stellte ich fest, daß uns nicht viele Autos begegneten. Es war eine sehr einsame Fahrt. »Ich werde in Zukunft keine ruhige Nacht mehr haben, wenn du unterwegs bist«, sagte ich besorgt.
Noch konnte ich nicht ahnen, was uns erwartete.
Er lachte. »Keine Sorge, ich passe schon auf«, beruhigte er mich. »Ich fahre ja auf der Überholspur und meide den Randstreifen.«
»Es wäre schon schlimm genug, nur steckenzubleiben«, meinte ich. Die Dämmerung senkte sich langsam in purpurroten, feinen Nebelschleiern übers Land. Diffuses Licht nahm der Landschaft die schroffen Konturen.
Ich versank in dem sanften Licht und schaute zum Himmel empor und dann zurück auf die Straße.
»Harry«, schrie ich, »paß auf!«
Harry trat mit aller Gewalt auf die Bremse und kämpfte verzweifelt mit dem Lenkrad, um den Wagen auf der Fahrbahn zu halten. Wir schleuderten von der Überholspur auf die äußere Fahrbahn; knirschend gruben sich die rechten Räder in den Sand.
Völlig erstarrt wartete ich darauf, daß sich der Wagen überschlagen würde, um unter einem der Mesquitbäume zertrümmert liegenzubleiben.

Nichts passierte. Harry hatte den Wagen zum Stehen gebracht.
»Warum, zum Teufel«, brüllte er wütend, »hast du so geschrien?«
»Du hättest ihn fast überfahren«, schluchzte ich. »Den alten Mann mitten auf der Straße. Du fuhrst direkt auf ihn zu.«
»Welchen alten Mann? Ich habe keinen alten Mann gesehen.« Harry öffnete seine Tür und stieg aus. Er starrte in die Richtung, aus der wir gekommen waren. »Ich sehe keinen alten Mann«, wiederholte er.
Er stapfte um das Auto herum. Das rechte Hinterrad steckte im Sand.
Ich sprang aus dem Auto und lief die Straße zurück. Der alte Mann stand an derselben Stelle, wo ich ihn gesehen hatte. Er sah völlig benommen und verwirrt aus, kein Wunder nach diesem Schreck.
»Gott sei Dank ist Ihnen nichts passiert«, rief ich, als ich mich ihm näherte. Er schien nicht verletzt zu sein. Er drehte sich um und starrte mich an. Ich blieb abrupt stehen, mein Herz raste zum Zerspringen. Heiß durchströmte es meinen Körper, es lag wohl an der glühenden Nachmittagshitze.
Wieder mußte ich an die Fernsehfilme denken. Dieser alte Mann schien direkt aus einem der Filme entsprungen zu sein. Er war über und über von einer dicken Schicht Staub bedeckt, trug einen alten, flachen Hut, braune, zerlumpte Kleider und über der Schulter einen Sack, aus dem eine Schaufel und eine Hacke ragten. Ich ignorierte mein furchtsam schlagendes Herz und ging näher an ihn heran. Ich schaute ihm ins Gesicht.
Hatte ich die Häuser von Gila Bend schon mit ausge-

bleichten Knochen verglichen, hier sah ich sie vor mir. Ein kärglicher weißer Bart wurde vom Wind zerzaust. Verborgen unter dem Hutrand, dem Schmutz und buschigen Augenbrauen konnte ich die alten Augen nur ahnen. Eine unbeschreibliche Müdigkeit und Trauer lag darin, sie schienen alles Elend dieser Welt gesehen zu haben.
»Sie sind sicher sehr erschrocken«, hörte ich mich sagen. »Bitte, kommen Sie mit zum Auto. Sie können im Kühlen sitzen, und wir haben noch Ginger Ale. Ruhen Sie sich aus, bis mein Mann das Auto freigeschaufelt hat. Dann nehmen wir Sie mit.«
»Fahren Sie nach Mexiko?« Seine Stimme war leise, schien von weither zu kommen und war so müde wie seine Augen.
»Nein«, antwortete ich. Ich konnte mich daran erinnern, daß Harry mir erzählt hatte, daß es hier nicht weit bis zur Grenze war und hinter Yuma, in Calexico die Grenzlinie verlief.
Harrys laute Stimme drang zu uns herüber: »Myra, hilf mir! Myra!«
Er drückte mit aller Kraft gegen den hinteren Kotflügel und versuchte den Wagen aus dem Sand zu hieven. Instinktiv wußte ich, daß er nicht gesehen hatte, wie ich aus dem Auto gesprungen war. Er vermutete mich im kühlen Innern des Wagens.
Ich streckte eine Hand nach dem alten Mann aus. »Kommen Sie mit«, lockte ich mit sanfter Stimme. »Kommen Sie mit, und ruhen Sie sich aus, und trinken Sie etwas.«
Langsam und mühsam schlurfte er hinter mir her, während ich aufmerksam die Straße beobachtete.
Harry schaute erst auf, als wir bereits neben dem

Wagen standen. »Es reicht wohl nicht«, fuhr er mich wütend an, »daß du plötzlich hysterisch wirst und uns in diese Situation bringst . . .« Er schaute an mir vorbei. Er riß Mund und Augen auf und flüsterte: »Um Himmels willen.«

»Du siehst, er war da, Harry«, sagte ich gelassen. »Die Sonne muß dich geblendet haben, denn er stand mitten auf der Straße –« Der Schreck ließ mich im nachhinein erschauern.

»Sie können meine Schaufel haben«, sagte die leise, weit entfernte Stimme des Alten, »wenn Sie möchten. Aber nicht meine Hacke, die brauche ich, wenn ich mein Wasserloch gefunden habe.« Mit seinen schmalen, blaugeäderten Händen, an deren Knöcheln die Haut blutrot gefärbt und stellenweise abgewetzt war, zog er die Schaufel aus dem Sack auf seinem Rücken und schleuderte sie Harry vor die Füße.

»He!« schrie Harry erschrocken. Sein bleiches Gesicht bekam allmählich wieder Farbe.

Der alte Mann beachtete Harry nicht. Geistesabwesend starrte er das Auto an, schüttelte den Kopf, schloß die Augen und öffnete sie wieder. »Es ist immer noch da«, murmelte er.

Ich öffnete die hintere Tür. »Steigen Sie ein«, bat ich ihn. »Ruhen Sie sich aus.«

Er stolperte einige Schritte zurück und schüttelte energisch den Kopf. »Nein. Ich steige nicht ein. Beeilen Sie sich mit dem Schaufeln, ich muß weiter, mein Wasserloch suchen. Es muß hier irgendwo sein, ich muß es finden. Ich kann nicht ruhen, ehe ich es nicht gefunden habe.«

Harry sagte barsch: »Myra, setz dich ins Auto.«

Ich starrte ihn verständnislos an.

»Tu', was ich dir sage«, befahl er. In diesem Ton hatte er noch nie mit mir gesprochen. »Schließ die Tür und verriegele sie. Verriegele sie alle.«

Ich stellte mich neben ihn. »Er ist nur ein müder alter Mann, Harry«, flüsterte ich ihm zu. »Er muß meilenweit gelaufen sein, es gibt weit und breit keine Stadt. Es ist ein Goldschürfer oder so etwas Ähnliches . . .« Ich flehte ihn fast an.

Harry wiederholte: »Setz – dich – ins – Auto!«

Hastig schaufelte er weiter. Ich gehorchte ihm und setzte mich ins Auto, griff aber sofort nach einer Flasche Ginger Ale, ließ das Fenster herunter und hielt dem alten Mann die sprudelnde Flasche hin.

»Myra«, warnte Harry. Er schaufelte wie besessen, der Sand flog in hohem Bogen zur Seite.

Der alte Mann zögerte, schlurfte dann aber ungelenkig und steif zu mir heran. Ich streckte ihm die Flasche soweit wie möglich entgegen, damit er mir nicht zu nahe kommen mußte.

Er nahm sie, setzte sie an seine aufgesprungenen Lippen, sein Adamsapfel bewegte sich zweimal auf und ab. Angewidert spuckte er die Flüssigkeit wieder aus, hob die Flasche hoch über den Kopf und warf sie mit aller Wucht auf die Fahrbahn, wo sie zersplitterte.

»Scheußliches Zeug«, schimpfte er.

Eilig schloß ich das Fenster wieder.

»Ich muß mein Wasserloch finden«, murmelte er wieder. Er summte es nun vor sich hin, wie ein Lied: »Ich kann nicht ruhen, ehe ich mein Wasserloch nicht gefunden habe. All die Jahre gebraten, gebraten, Backofen, kein Wasser wie aus meinem Wasserloch, kann nicht ruhen.«

Harry tauchte neben dem Auto auf. Der Schweiß lief ihm übers Gesicht, sein Hemd war völlig durchnäßt. In der Hand hielt er die Schaufel.

»Da hast du sie wieder, Alter«, sagte er etwas zu fröhlich. Ich mußte wieder an die Fernsehfilme denken. Harrys Herzlichkeit war aufgesetzt, seine Stimme klang sehr jung und ängstlich. »Vielen Dank. Auf dem Kiesel sollten die Räder greifen.« Nach einer Weile fügte er hinzu: »In dieser Gegend gibt es keine Wasserlöcher.«

Langsam befestigte der alte Mann die Schaufel wieder an seinem Sack. »Davon verstehen Sie nichts«, antwortete er mit dünner, verächtlicher Stimme.

Harry zog ein Taschentuch aus seiner Hosentasche und wischte sich damit den Schweiß von der Stirn. »Woher kommen Sie?« fragte er den alten Mann.

Wir bemerkten es beide. Die tiefliegenden Augen wurden zu schmalen Schlitzen und sahen uns lauernd an. »Ich bin nicht aus Yuma«, sagte er feindselig. »Ich war noch nie in Yuma. Nie. Niemals im Leben.«

»Wir fahren in diese Richtung«, fuhr Harry fort. Er sagte es wider sein besseres Wissen, aus Gutmütigkeit, und er hatte ein schlechtes Gewissen, weil er den alten Mann nicht gesehen hatte. »Vielen Dank, daß Sie mir die Schaufel geliehen haben. Wir können jetzt weiterfahren. Sollen wir Sie mitnehmen?«

Da passierte es. Der alte Mann richtete sich auf, seine Augen funkelten vor Angst und Zorn. Er ballte seine dünnen Hände zu Fäusten, die Knöchel traten blutrot hervor. Sein Mund verzerrte sich, und er schrie durchdringend und gellend wie ein Tier: »Nein, niemand nimmt mich mit. Dorthin nicht mehr. Nicht Sie, keine Armee dieser Welt – niemand. Yuma.« Er spuckte den Namen aus wie Gift. »Ich muß mein Wasserloch finden. Mein eigenes, sauberes Wasser aus meinem eigenen Wasserloch. Mich sperrt niemand mehr ein in diesem Dreck, diesen Höhlen, diesen Backöfen. Ich habe nur von meinem Wasserloch geträumt. Ich finde keine Ruhe bis – Sie werden mich nicht dorthin zurückbringen. Niemals.«

Mit ungeahnter Kraft und Geschmeidigkeit hob er die Arme und hielt plötzlich die Hacke in den Händen. »Verschwinden Sie«, schrie er. »Verschwinden Sie, alle beide. Lassen Sie mich mein Wasserloch suchen, oder ich reiße Ihnen das Fleisch in Fetzen vom Leib.«

Harry saß im Auto, ehe ich einen Schrei ausstoßen konnte. Der Motor sprang sofort an, das Hinterrad drehte ein paarmal leer durch, griff dann und wir schossen auf die Fahrbahn zurück.

Nicht schnell genug, um nicht noch das schrille Knirschen zu hören, als die Hacke mit voller Wucht gegen den hinteren Kotflügel donnerte. Der schrille Schrei des Alten gellte in unseren Ohren.

»Keine Ruhe«, schrie er. »Ich finde keine Ruhe.«

Dann verhallte die Stimme in der Ferne. Das Motorengeräusch übertönte die Schreie.

Harrys Hände krampften sich zitternd um das Steuerrad. »Verrückter alter Trottel«, preßte er hervor. »Sucht auf der Autobahn nach Wasser.«

Ich schluchzte und weinte eine Weile, bis ich mich wieder beruhigt hatte. Harry rauchte hastig seine Zigarette und fluchte ununterbrochen.

Erst als wir uns Yuma näherten, sprach Harry wieder zu mir. »Ich denke, wir sollten den Vorfall melden.

Hier in der Stadt ist das Bezirksgefängnis.« Er hatte sich wieder beruhigt und zu sich selbst gefunden.
»Glaubst du, er ist aus dem Gefängnis geflohen?« fragte ich. Verrückt ja, wahnsinnig geworden in der glühenden Sonne, hatte ich gedacht. Aber ein Strafgefangener?
Harry nickte. »Überleg mal.«
Schweigend folgten wir den grünen Hinweisschildern. Es wurde langsam dunkel, die Straßenbeleuchtung erhellte unseren Weg. Der Wagen holperte über Eisenbahnschienen, dann fuhren wir einen steilen Hügel hoch und folgten einer scharfen Kurve.
Vor uns auf dem Gipfel lag das Bezirksgefängnis von Yuma.
Wir wußten nichts von der Geschichte Arizonas, wir hatten keine Ahnung.
Bezirksgefängnis von Yuma – und Museum! Erbaut 1825.
Erbaut aus luftgetrockneten Lehmziegeln, halbzerfallene Mauern, von der Sonne ausgedörrte Backsteine – in keinem Western fehlt dieses Gebäude, mit dem Sheriff, der den Gangster unter Einsatz seines Lebens zum Bezirksgefängnis bringen muß, ehe die Meute ihn lyncht.
Welch ein entsetzliches Zeugnis der Unmenschlichkeit des Menschen. Winzige Höhlen waren in den Fels gegraben worden, mit Eisengittern verschlossen. An jedem Gitter Eisenringe, um die Gefangenen anzuketten.
»Höhlen«, hatte der alte Mann geschrien. »Dreck. Öfen«, hatte er geschrien, die blutunterlaufenen Knöchel hoch erhoben. Ich konnte es nicht mehr ertragen. Plötzlich hatte mich die Vergangenheit eingeholt. Ich

sah die Männer hinter ihren Gittern qualvoll leiden, wie sie mühsam über die harte Erde schlurften, auf der wir standen. Ihre sehnsüchtigen Blicke schweiften über das grüne, fruchtbare Land unter ihnen, bis hin zu kühlen, silbrig glänzenden Wassern des Colorado. Das Entsetzen durchströmte meinen ganzen Körper, meine Beine wurden schwach, mein Magen krampfte sich zusammen, mein Herz schien stillzustehen.
Harry ging es genauso. Unfähig, uns zu bewegen, standen wir da und starrten fassungslos auf das Gebäude. Wir waren zu schwach, um zum Auto zurückzugehen, zu sehr in der Vergangenheit gefangen, um an den alten Mann zu denken.
Erst als wir vorsichtig den Hügel wieder hinunterfuhren, Harrys zitternde Hände schienen das große Lenkrad kaum halten zu können, dachten wir beide gleichzeitig an ihn. Wortlos schauten wir uns an.
Wie so oft in den Jahren unseres Zusammenlebens stimmten wir stillschweigend überein. Harry beschleunigte, steuerte den Wagen durch Yuma, zurück die Straße, die wir gekommen waren – zurück zu dem alten Mann, der so erschreckend plötzlich mitten auf der Fahrbahn gestanden hatte.
Von einer Minute zur anderen wurde es dunkel, als hätte jemand das Licht ausgeschaltet. Wir bemerkten die Sterne am Himmel nicht und auch nicht den Mond, dessen fahles Licht nicht ausreichte, um die Dunkelheit vor uns zu erhellen. Wir starrten nur konzentriert auf die Fahrbahn, der schwarze Asphalt verschwand Meile um Meile unter unseren Rädern, die Scheinwerfer huschten über das endlose, dunkle Band der Straße.

»Wir müssen ihn fragen«, sagte Harry endlich in die angespannte Stille hinein. »Wir müssen ihn finden.«
»Ja«, erwiderte ich atemlos. »Ja.«
Ich verlor jeden Sinn für die Zeit und die Umgebung. Waren es Jahre, die wir so dahinfuhren, oder nur Stunden? Wir erkannten den Hügel, neben dem unser Auto ins Schleudern gekommen war, und verringerten die Geschwindigkeit.
Es gab noch einen Grund, langsamer zu fahren.
Auf der gegenüberliegenden Fahrbahn blinkten Warnlichter. Als wir näher kamen, erkannten wir gelbe Straßensperren und ein beleuchtetes Schild, auf dem stand: ›Vorsicht – Umleitung‹.
Harry fuhr an den Rand und hielt an. Er ließ die Scheinwerfer brennen. Er öffnete seine Tür und winkte mir, auch auszusteigen. Dann nahm er meine Hand. Wir liefen über die Fahrbahn, überquerten den schmalen Streifen zwischen den Fahrspuren und gingen auf das Blinklicht zu.
Auf der anderen Seite stand ein Polizeiauto. Ein Beamter rief: »Was wollen Sie?«
Harry schluckte. »Der alte Mann«, fragte er mit belegter Stimme. »Wurde er überfahren? Was ist passiert?«
Die Blinklichter tanzten auf dem Gesicht des Beamten. »Ich weiß nichts von einem alten Mann. Verdammte Sache. Schauen Sie es sich an.«
Die Warnschilder waren um ein tiefes Loch mitten auf der Fahrbahn aufgestellt worden. Die Ränder waren ausgezackt, der Asphalt aufgerissen, als hätte jemand in wahnsinniger Eile die Erde aufgebrochen. Und darin schimmerte es silbrig im hektischen Wechsel der Blinklichter – Wasser!
Wir drehten uns um und – ungeachtet der Reaktion

des Polizeibeamten – rannten wir so schnell wir konnten, Hand in Hand wie zwei verängstigte Kinder, in die Nacht hinein, die uns zu verschlingen schien, in ein Land hinein, in dem wir uns verlieren würden. Wir rannten zu unserem Auto zurück in unsere moderne, vernünftige, klimatisierte, motorisierte Welt.

Wir waren kurz davor, als Harry plötzlich stolperte, hinfiel und sich wieder aufrichtete. Er hielt einen Gegenstand in seiner Hand.

Es war eine Hacke, veraltet, rostig und doch noch brauchbar. Die Spitze schimmerte feucht im Mondlicht, feucht vom Wasser, das endlich gefunden worden war.

Nach wie vielen Jahren der Suche? Wieviel Zeit war verstrichen?

›Ich finde keine Ruhe, ehe ich nicht mein Wasserloch gefunden habe.‹

Harry schwang die Hacke über seinem Kopf und warf sie mit aller Kraft in die Dunkelheit, in die Wüste.

Wie ich zu Beginn schon sagte – Sie müssen die Geschichte nicht glauben. Sie werden ein ruhigeres Leben führen, wenn Sie sie nicht glauben können.

Vielleicht wird es Harry und mir gelingen, unseren Frieden wiederzufinden. Es heißt doch, daß alle Erlebnisse allmählich verblassen und daß es für alles eine logische Erklärung gibt.

Aber wir müssen damit leben.

Denn den besten Mechanikern der Stadt ist es nicht gelungen, die tiefe Schramme am linken hinteren Kotflügel von Harrys Kombiwagen auszubeulen.

Inhalt

Leseprobe aus Scherz-classic-Krimi 951

DAS BESTE VOM BÖSEN

von Giorgio Scerbanenco

»Herr Direktor, Herr Direktor, sind Sie es, Herr Direktor?« Lili tauchte am Ende des trüb beleuchteten Korridors auf. Sie hatte den schwarzen Kittel abgelegt und trug ein kurzes, gelbes Kleid, das ihre zarten Rundungen noch mehr betonte.

»Ja, ich bin es. Komm her!« rief er. Im gleichen Augenblick wurde ihm seine Dummheit klar: Er hatte sich bluffen lassen. Während er durch Lili von rechts abgelenkt wurde, sprang ihn von links einer der Ganoven an und schlug ihm ein Bleirohr, das er mit beiden Händen hoch erhoben hatte, mit voller Kraft auf den Schädel. Der Elefant sah aus den Augenwinkeln, wie der Jäger zum Schlag ausholte, aber er hatte keine Zeit mehr auszuweichen. Ohnmächtig brach er zusammen.

Als er nach ein paar Minuten wieder zu sich kam, war er entwaffnet, nackt, und an Händen und Füßen gefesselt. Zwei Gangster richteten ihn auf und stützten ihn. Er schaute sich um: Er befand sich in der Stanzwerkstatt. Die Halle war nur notdürftig beleuchtet, ganz in seiner Nähe stand die größte und stärkste Presse der Fabrik, eine Davidson, die vier übereinandergelegte Stahlbleche mit einem Schlag in vierzigtausend kleine Reißnägel verwandelte. Er selbst hatte die Anschaffung dieser Maschine vorgeschlagen. Noch halb betäubt erkannte er dann das Gesicht des Pockennarbigen und hörte seine Stimme:

»Du bist ein Spitzel und wirst den Tod eines Spitzels sterben, damit alle, die versucht sein sollten, es dir nachzumachen, wissen, was sie erwartet. Die Presse hier, die größte in der Fabrik, wird dich plattdrücken wie eine Flunder, du häßlicher Kleiderschrank!«

Jetzt war dem Elefanten klar, warum sie ihn ausgerechnet in die Fabrik gelockt hatten. Der Elefant ist, wie bereits gesagt, ein neugieriges Tier, das alles genau verstehen will, auch seinen Tod. Aber er wollte auch dem Expeditionsleiter, der diese Safari so genial ausge-

heckt hatte, die ihm gebührende Antwort nicht vorenthalten: Er spuckte ihm in die narbige Visage.
»Du dreckiger Spitzel!« schrie der Pockennarbige und wischte sich das Gesicht ab. »Legt ihn unter die Presse!«
»Nein, das dürft ihr nicht!« schrie Lili aus einer dunklen Ecke der Werkhalle. »Bringt ihn von mir aus um, aber nicht so!«
Man hörte einen unterdrückten Aufschrei, und Lili schwieg, weil sie einen Faustschlag auf den Mund bekommen hatte.
»Legt ihn unter die Presse!« wiederholte der Boss.
Die beiden Gangster hoben ihn unter die Presse. Der Elefant fühlte die ölige Kälte des Metalls auf seinem nackten Bauch und dachte an Assunta. Arme, arme Assunta! Wenn sie die Nachricht von seinem Tod erhielt, würde sie den Verstand verlieren, davon war er überzeugt.
»Roberto, los, wirf die Maschine an!« befahl der Pockennarbige.
Roberto war der Elektrofachmann der Bande und ein echter Ganove. Aber es gibt eben doch Dinge, vor denen auch ein echter Ganove zurückschreckt. Einen Menschen so kaltblütig umzubringen, machte nicht nur Lili angst, sondern ihm auch.
»Ja«, sagte er.
Dem Pockennarbigen zu widersprechen, wagte so leicht niemand. Roberto drückte auf den roten Knopf, aber nichts geschah. Was Roberto übrigens von vornherein gewußt hatte. Um die schwere Davidson-Presse einzuschalten, mußte man vor dem roten Knopf auf den grünen Sperrknopf drücken und dann noch auf den blauen, damit die Schutzvorrichtung für den Arbeiter ausgefahren wurde.
»Was ist los?« fragte der Pockennarbige. »Warum funktioniert sie denn nicht? Laß mal sehen. Hier sind drei verschiedene Knöpfe . . .«

Bitte lesen Sie weiter in Band 951

der Scherz-classic-Krimis:

DAS BESTE VOM BÖSEN

von Giorgio Scerbanenco